살 만하냐고 묻는 짓은 바보 같은 일일 거야

그림책 읽고 세상을 그리고 나를 쓰다

살 만하냐고 묻는 짓은 바보 같은 일일 거야

빵과그림책협동조합 강정미 구경순 김미지 김숙자 김지영
변영이 안영미 오영민 윤혜린 이라일라
이비지니 임정은 전영선 최숙자 황동옥

살 만하냐고 묻는 짓은 바보 같은 일일 거야

그림책 읽고 세상을 그리고 나를 쓰다

1판 1쇄 2021년 2월 26일
기획 빵과그림책협동조합
지은이 강정미 구경순 김미지 김숙자 김지영 변영이 안영미
오영민 윤혜린 이라일라 임정은 전영선 최숙자 황동옥
펴낸곳 이매진 **펴낸이** 정철수
등록 제313-2003-0183호
주소 서울시 은평구 진관3로 15-45, 1018동 201호
전화 02-3141-1917
팩스 02-3141-0917
이메일 imaginepub@naver.com
블로그 blog.naver.com/imaginepub
인스타그램 @imagine_publish
ISBN 979-11-5531-122-6 (03810)

- 값은 뒤표지에 있습니다.

프
롤
로
그

바보 같은 짓이라는 걸 알면서도

임정은

'빵과그림책 사람들이랑 빵과그림책 이름으로 책을 쓰면 좋겠다.'

그런 꿈을 종종 우리는 이야기했습니다. 그런데 정말 여기까지 왔네요. 책이 나옵니다. 우리가 같이 책을 썼네요, 정말로. 그것도 난리, 난리, 처음 겪는 코로나 사태 기간에요.

빵과그림책협동조합을 설립한 해는 2016년이지만, 그림책 모임은 한 해 전에 시작했죠. 어쩌면 우리는 훨씬 전부터 어딘가에서 마주쳤을 거예요. 방화동, 염창동, 마곡동, 등촌동 어느 마트에서 장바구니를 끼고 부딪혔을 수도 있고, 롯데리아 앞 횡단보도에서 파란불에 아이 손 잡고 동시에 길을 건넜을지도 모릅니다. 겨울에 붕어빵 살 때면 다들 꼬리까지 팥을 채운 국민은행 사거리 앞 아줌마네만 고집했을 테고요.

고생이라고 생각 안 했지만 돌아보면 아득합니다. 오전에는 아이들 학교 보내고 만나고, 저녁에는 식구들 밥 차려주고 눈치보면서 나오고. 남편한테서 매일 밤 무슨 회의를 한다고 그리 자주 나가느냐고, 나라 구하러 다니느냐는 소리까지 들으면서요. 회사도 아니고, 가게 장사도 아니고, 협동조합이라는 '듣보잡' 조직을 세우느라 학습하고, 공부하고, 사소한 것 하나도 민주적으로 결정한다며 일일이 회의 열고⋯⋯.

그 많은 일들을 어떻게 해냈는지, 지금 또 하라고 하면 엄두가 안 납니다. 다시 그 시간으로 돌아가면 협동조합의 ㅎ을 자도 안 꺼낼게요(미안해요, 협동조합 말 꺼낸 사람이 나라서).

빵과그림책협동조합이 어떻게 생겼느냐면, 한 줄로 말하면 이런 겁니다. 방화동 605-18 노란 대문 반지하 방에서 그림책 좋아하는 사람들이 모여서 그림책 모임을 하다가, 우연히 한 구립 도서관이 그림책 강의를 해보라는 제안을 하고, 그럼 협동조합을 세워서 같이 강사 활동을 하자, 그랬죠. 거짓말 같지만 진짜 그렇게 우발적이고 즉흥적으로 만들었죠.

그런데 또 거짓말처럼, 왜 그렇게들 죽자사자 열심히들 하는 건데요. 그렇게 일해도 강사료 얼마 받지도 못하고, 그나마도 돌아가면서 여럿이 하느라 자주 해볼 수도 없고. 왜 그렇게 앞뒤 없이 착해 빠진 건데요.

그래서 본의 아니게 악 쓰고, 이익 셈하고, 손해 따지는 악역을 제가 한 건 좀 억울하네요. 내가 어떻게 어른 강의를 하냐, 자격이 안 된다 같은 설득력 없는 핑계를 대며 가슴을 오므리는 빵그 선생님들에게, 당신들은 충분히 능력이 있다, 책 모임을 몇 년 했는지 돌아봐라, 아이들이랑 수업하고 그림책을 기가 막히게 많이도 아는데 뭐가 꿀리냐, 출판사 편집자도 그림책 작가도 당신들만큼 팬심 두텁고 그림책 덕질하는 사람 흔치 않다고 짜증을 섞어가며 호통을 쳤죠. 말투는 거슬렸겠지만, 제 진심이었습니다.

무엇보다도 저는 내 또래, 또는 윗대 여성들이 자기가 지닌 가능성을 찾아보려 하지 않은 채 나는 못 한다고, 내가 부족해서 그렇다고 위축되는 꼴을 더는 보고 싶지 않았어요. 이 사회가 기회를 안 줄 뿐, 이 세상이 우리의 재능과 노동에 임금을 매기지 않을 뿐, 우리들은 매일매일 매 순간 그 대단한 일들을 아무렇지 않게 해내는 대단한 능력자인걸요.

엄마처럼 살지 않겠다고 외치는 사춘기 딸처럼 빵그 선생님들에게 가끔 성내기도 했지만, 그건 사실 나를 위한 주문이었어요. 세상이 보는 대로 중년 아줌마, 누구 엄마로 내 자리를 좁디좁게 만들기는 싫었어요. 더 성장하고 더 왕성하게 창조할 수 있는 나를 일깨우고 싶었으니까요.

—

우연처럼 2020년 초 이매진 출판사에서 빵과그림책이랑 함께 책을 만들고 싶다고 연락을 해왔어요. 전화를 받은 날은 비가 촉촉하게 온 걸로 기억해요. 전통 시장에서 장을 보고 우산을 쓴 채로 집에 가는 길이라서 휴대폰 들 손이 부족했죠. 정말 기뻐서 길가에서 폴짝폴짝 뛰었어요. 그러면서도 내 안에는 의심과 걱정의 먹구름이 피어났어요. 우리가 할 수 있을까?

출판사에서 일했고 어린이와 청소년 책을 몇 권 쓴 저도 자신이 없었어요. 에세이라는 장르도 처음이었고, 여럿이 쓰는 작업이 과연 순조롭게 잘될까 싶었습니다. 아니나 다를까, 샘플 원고를 몇 꼭지 쓰는 것만으로도 꼭지가 돌겠더군요. 다른 빵그 선생님들도 순탄하게 시작하신 건 아니었어요. 내 이야기를, 사사로운 이야기를 담백하게 풀어내는 게 이렇게나 어려운 일일 줄은, 써보지 않았으면 절대 몰랐을 겁니다.

아니, 글쓰기가 어눌한 건 문제가 아니었죠. 더 큰 어려움은 따로 있었어요. 시시하고 소소한 일상, 나만 아는 내 이야기를 꺼내려니 내 과거와 인생이 딸려 나오고, 거기에 줄줄이 매달린 감정, 정리되지 않은 기억이 나를 덮쳤습니다. 과거의 기억, 그 안에서 미처 다 울지 못한 어린 나를 마주하는 날이면 혼술과 혼맥으로 위로했죠. 그 글을 합평회에서 꺼내고 알몸이 된 양 부끄러워진 마음은 등촌역 근처 전집 뜨겁게 달궈진 번철 위에서 지글거리는 미나리전과 막걸리가 위로했고요.

일주일에 글 한 편 쓰고 그다음 주에 쓴 글들 모아 합평회 하는 작업을 거의 열 달 했나 봅니다. 사회적 거리 두기 강화 기간에는 소수 인원으로 쪼개서 만나고, 줌 회의에 더해 메일로 피드백을 주고받으면서 어렵사리 글쓰기를 해냈어요. 그 지난한 기간을 화 한 번 안 내고 평온한 소 같은 얼굴로 지켜준 정철수 편집자 겸 대표에게 다시한 번 감사드립니다. 자기 연민과 자기만족에 그치지 않으면서 다른 사람도 공감할 수 있어야 한다고, 잘 보이고 싶은 허세와 지적 허영을 버려야 한다고 조언했죠. 첫사랑은 잊기 힘들 듯 빵그의 첫 책을 함께 만든 첫 편집자는 언제까지나 각별할 거예요.

—

참, 이 책은 그림책에 관한 에세이가 아닙니다. 그런 책은 벌써 세상에 많이 나왔어요. 그림책에 바치는 어른들의 구애는 이미 넘치고 넘치죠. 그림책을 핑계로 우리 이야기가 하고 싶었습니다. 그림책에서 한 줄을 고르고, 그 한 줄에 우리의 사사롭고 시시콜콜하고 옹졸한 이야기들을 주석처럼 풀어놓았습니다. 그럼에도 불구하고 우리 이야기가 당신을 여기 실린 한 줄 그림책, 그 어느 한 권으로 인도할 수 있으면 좋겠어요.

—

"살 만해요?"

이 인사처럼 답하기 어려운 질문도 없습니다. 요즘 특히 더하죠. 그러니 살 만하냐고 묻는 짓은 바보 같은 일입니다. 알면서도 우리는 당신에게 묻습니다. 밥이든 빵이든 살아가려면 입에 들어가야 할 것들 때문에 우리는 괴롭고 허덕입니다. 그래도 우리 곁에는 장미가, 한 떨기 그림책이 피어 있습니다. 살 만하냐는 물음에, 빵과그림책은 그림책을 내밀겠습니다.

차례

2

그냥 텃밭에 배추를 심자고 해야겠다

3

텅 비어버릴 때까지

4

시계를 되돌리고 싶을 때가 있겠지

5

살 만하냐고 묻는 짓은 바보 같은 일일 거야

1

나는 그림책이 있어서 좋다

정말 인정하기 싫지만 우리 가족 중에서
너는 나랑 제일 닮았어.

요안나 에스트렐라 지음, 민찬기 옮김, 《흔한 자매》, 그림책공작소, 2017

———

흔하지 않은 자매

김숙자

정말 인정하기 싫지만 언니랑 나는 닮지 않았다. 구불구불 태백산맥을 달린 완행버스가 이름 모를 고개를 몇 개 더 넘는다. 좁다란 산길 흔들흔들 버스에는 멀미약도 쓸모없다. 토하고 또 토한다. 엄마와 나를 내려준 버스는 흙먼지 가득 뿌리고 달아난다. 옆집 수저가 몇 벌인지 아는 산골 마을 어귀, 물이 흘러 무섭기도 하고 차갑기도 한 보를 맨발로 건너 마을 중간쯤 있는 집으로 들어간다.

새까맣고 눈이 땡그란 남자애가 나를 보고 '깐고모'라고 부른다. 오늘 생긴 조카다. 몇 년을 조른 참이다. 아빠도 언니도 오빠도 동생도 갖고 싶다고. 언니 둘, 오빠 셋, 아버지, 올케 언니, 조카 둘이 한 꺼번에 생긴 날이다.

한참을 걸어 도착한 국민학교에서는 운동회 연습이 한창이다. 부채춤 추는 키 크고 눈 예쁜 사람이 보인다. 바짝 다가간 나도 부드러운 몸짓에 맞춰 계속 움직인다. 오늘 생긴 두 살 많은 언니다. 하얀 레이스 달린 아사 블라우스에 노란 반바지 입고 허리까지 닿은 머리 찰랑거리는 나를 보고 다들 수군거린다.

"쟤는 누구냐? 왜 미자만 따라다녀?"

"동생이래. 미자, 막내 아니었어?"

종종 자매 셋이 만난다.

"미자 가게에서 보자."

"알았어, 큰언니."

언니 가게에 사람들이 온다. 나를 작아지게 하는 말을 또 듣는다.

"막내만 닮지 않았네?"

"어, 엄마 아빠가 다르게 생겼어."

흔한 자매는 아니지만, 나는 언니가 있어서 좋다.

"우리 식구는 모두 머저리야!
말로는 날 사랑한다고 하면서, 순 엉터리야."

윌리엄 스타이그 글·그림, 조은수 옮김, 《부루퉁한 스핑키》, 비룡소, 1995

복수는 남의 것

최숙자

어릴 적 나는 떼쟁이, 울보, 고집쟁이였다고 한다.

"야는 왜 그랬는지 몰라이? 그렇게도 뭘 사달라고 떼를 쓰고. 한 번 떼쓰면, 너는 야, 진짜 안 그쳐야. 엄마는 참다 참다 화나서 얼굴을 무섭게 홱 돌려버리고, 아버지는 회초리를 찾는지 사방을 둘러보다가 '에이, 그거 참' 하면서 한숨 쉬고 그랬어야. 우리는 안 그랬는데, 너는 왜 진짜 유독 그랬는지 몰라야. 하하하."

크면서 한 번도 부모님을 조른 적 없다는 작은언니가 가끔씩 식구들 앞에서 어릴 적 나를 되새김질한다.

그날도 뭔가 떼를 쓴 듯싶다. 엄마랑 아버지는 들은 체도 않고, 하루 종일 조르던 나는 저녁을 굶었다. 해 져서 깜깜해지도록 방에 들어가지 않았다. 이대로 없어지는 척해 복수를 하자고 생각했다. 오랫동안 방 밖이 조용하자 부모님이 방을 나오는 기척이 들렸다. 나는 얼른 집 밖으로 나왔고, 부모님은 나를 찾아 대문 밖 골목, 신작로, 논두렁, 빨래터를 돌았다. 나는 먼 곳에서 고소해하며 그 모습을 지켜봤다. 그런데 부모님은 이내 집으로 돌아갔다. 뒤를 살살 따라갔지만, 나 여기 있다고 하기 싫어서 작은방으로 숨어들었다. 수수깡으로 만든 고구마광에 올라가 기척을 살피는데, 안방에서는 텔레비전 소리만 크게 들렸다. 천천히 지쳐갔다. 몇 가마니는 됨 직한 고구마는 밭에서 캐온 그대로 흙투성이였다. 움직일 때마다 썩은 고구마가 손바닥에, 엉덩이에, 등허리에 물컹물컹 닿았다. 텔레비전 소리도 그쳤다. 나는 여기 있는데, 부모님은 잠이 들었다. 부드럽고 평화롭게 코를 골면서. 복수는 초라하게 끝났다.

고집쟁이 아들 때문에 날마다 진이 빠진다. 인과응보다.

"고마해, 이 녀석아. 너도 부모 돼서 나처럼 진 빠지지 않으려면."

엄마의 갈라진 입술 틈새로 보이는 빨간 립스틱은
꺼지지 않는 미영 씨의 빨간 열정이에요.

유지연 지음, 《엄마의 초상화》, 이야기꽃, 2014

———

컬러풀 그레이 춘심

변영이

주말에 한강을 걸었다. 아기 엄마라고 하기는 나이든 여성이 유아차를 끌고 왔다.

"예전 장모님 모습 같지? 재혁이 태어났을 때 쉰이 되셨을라나?"

"그르네. 마흔아홉? 지금 보니 젊은 나이에 할머니 된 거였네. 나는 마흔일곱에 재혁이 군대 보내는데."

50대 중반에 손자 손녀 일곱을 둔 할머니가 된 춘심 씨. 엄마는 나이에 견줘 한참 동안이다. 날마다 곱게 꽃단장하고, 늘 화사하게 차려 입는다.

오랜만에 서울에 온 엄마를 데리고 미용실에 갔다. 머리도 가끔 화장을 해야 하니까.

"엄마, 이 색 어때요?"

"어머나, 엄마 맞아요? 혹시, 새엄마는 아니죠?"

우리 둘을 번갈아 보던 원장은 엄마가 서울 사람 같고 딸이 시골 사람 같단다. 새치를 염색하고 돌아오는 길, 엄마는 그런 말이나 듣고 사는 딸이 속상한지 나더러 화장도 하고 좀 꾸미란다. 자기를 챙기는 데 소홀한 딸한테서 고단한 시절을 지나온 젊은 날의 당신 모습을 떠올린 걸까.

친정에 간 날 어릴 적 엄마에게 준 선물을 우연히 봤다. 더운 여름 시원하게 지내라고 산 모시옷은 노티 팍팍, 화사해 보인다면서 고른 목걸이는 염주 같았다. 어린 내가 보고 느낀 엄마가 저렇게 나이들어 보였나 싶었다.

30대 초반에 피어리스 화장품을 쓴 엄마는 일흔을 코앞에 둔 지금 이니스프리 립스틱을 바른다. 춘심 씨의 시간은 거꾸로 간다.

동네 아이들은 신나게 고무줄놀이를 하고 있었어요.

이선미 글·그림, 《나와 우리》, 글로연, 2013

너 때문에 졌잖아!

임정은

몸이 날랜 편은 아니다. 운동 신경 좋다는 소리는 태어나서 한 번도 못 들어봤다. 고무줄놀이도 무릎까지 간신히 간다. 공깃돌도 야무지게 못 잡는다. 손으로 하는 일은 다 어눌하다. 가위질도 삐뚤하다. 종이 인형 오릴 때 많이 고생했다. 레이스와 리본이 잔뜩 달린 화려한 드레스 자락이 내 손에서 뎅강 잘린다. 바느질이랑도 안 친하다. 중학교 가사 시간에 프랑스 자수로 방석에 꽃무늬를 넣는데, 가슴에 천불이 났다. 학교가 체육과 미술에 이어 가사 시간으로 나를 죽이려나 싶었다. 체육 시간도 열등생, 미술 시간도 낙제생이었다.

"그게 다 유치원을 안 다녀서 그런 거야."

소근육이 발달할 시기에 가위질도 하고 색종이도 접어야 한다는데, 유아 교육을 못 받아 그런가? 유치원 안 보낸 부모님 탓을 해본다. 그렇지만 백 미터 달리기에서 꼴등하고, 젓가락질 서툴러서 크게 손해 본 건 없다. 젓가락으로 콩자반 잘 못 집는다고 그게 대수?

목에 걸린 생선 가시처럼 아픈 기억이 하나 있다. 국민학교 1학년 체육 시간에 선생님이 꼬꼬마 친구들을 두 줄로 나란히 세웠다. 이어달리기 경주였다. 땅 하면 달려가 앞에 있는 늑목 꼭대기까지 올라가서 돌아오는 경기였다. 오름대를 딛고 올라가는데 몸이 둔해 좀 꾸물럭거렸나 보다. 우리 팀이 졌다.

"너 때문에 졌잖아!"

바로 뒤에 있던 아이가 화를 냈다. 민망해서 얼굴이 시뻘게졌다. 억울하고 서러워 기억에 남았겠지. 지금의 나라면 이렇게 말해야지.

"친구야, 나라고 우리 팀이 지기를 바랐겠니? 네 눈에는 내가 느려터졌어도, 난 최선을 다한 거야. 각자의 최고 속도가 다를 뿐이야. 너무 열받지 마. 정 안 풀리면 내가 한잔 쏠게. 그럼 되겠니?"

아빠는 내 눈을 보며 말하지 못했다.
왜냐면 내 눈이 엄마 눈과 똑같기 때문이다.

샤를로토 문드리크 글, 올리비에 틸레크 그림, 이경혜 옮김, 《무릎딱지》, 한울림어린이, 2010

엄마와 죽음

김숙자

1990년 11월 25일 저녁 8시. 엄마가 죽었다. 초혼 의식을 해야 하는데 동네 사람이 아무도 안 온다. 전화를 하면 알겠다고, 금방 온다고 하면서 오지를 않는다. 동네 궂은일을 도맡아 한 마흔일곱 엄마.

2018년 11월 27일 저녁 5시 40분. 조치원 큰아들 자취방 앞. 숨이 멈출 듯 배와 등이 아프다. 바로 앉을 수도, 누울 수도 없다. 겨우 운전을 해 가까운 내과로 갔다. 큰아들이 접수를 하고, 긴급 환자가 돼 초음파실로 들어갔다. 담석이 터질 수 있으니 바로 수술하자고 했지만, 진통제 한 대 맞고 서울로 왔다. 큰아들 군대 보내고 수술 날짜를 잡았다. 마흔여섯, 나도 엄마처럼 죽는 걸까?

"잘하고 와."

수술실 앞, 내내 담담하던 남편도 목소리가 떨린다. 수술 전 대기실, 옆 환자만 보호자가 들어왔다. 아무도 못 들어오는데? 돌아보니 네 살쯤 된 아기다. 얼마나 무서울까? 신부님 기도 소리 따라 나도 기도한다. 아가야, 수술 잘 받고 건강해지렴. 수술실, 숨 크게 들이마시세요. 한 번, 두 번. 눈 뜨니 병실, 남편이 보인다. 담낭을 떼고 삶을 늘렸다.

눈발이 흩날린다. 먹지도 자지도 않겠다고 고집 부린다. 억지로 먹이고 재운다. 잠깐 잠이 든다. 밖이 부산하다. 엄마가 누운 관이 장지로 출발하려 한다. 나만 못 가게 말린다. 한바탕 난리를 피운다. 아이고, 아이고, 이제 가면 언제 오나, 어이야 어이야. 관 위로 흙이 흩날린다. 나도 따라갈 거야! 엄마! 엄마…….

사람들은 내 앞에서 엄마 이야기를 안 하려 한다. 30년이 지난 지금도 나는 엄마를 떠나보내지 않았다.

다음 날도 그다음 날도 온 마을 도토리들이
도토리빵을 사기 위해 찾아왔어요.

나카야 미와 글·그림, 김난주 옮김, 《도토리 마을의 빵집》, 웅진주니어, 2019

———

애월리 동네 빵집

변영이

우리집은 애월리에 하나밖에 없는 동네 빵집이었다. 빵 진열장과 테이블이 몇 개 놓인 홀 뒤쪽으로 방 두 개와 부엌이 딸려 있었다. 자그마한 창고에는 밀가루, 설탕, 이스트, 달걀을 쌓아놓았다. 창고 뒤쪽 가장 넓은 공간은 빵 공장이었다.

아침이면 반죽기 돌아가는 소리가 들린다. 아빠가 반죽을 만들면, 엄마는 팥소를 집어넣는다. 부풀려 찌면 찐빵, 튀기면 도넛, 구우면 단팥빵이다. 몽실몽실 갓 나온 빵이 식으면 가지런히 진열장에 놓는다. 하교 시간이 되면 중고생들이 우르르 몰려든다. 자리가 없으면 방에도 들어온다. 한껏 꾸미기 좋아하는 때라 화장대에서 머리도 빗고, 총각 선생님, 좋아하는 노래, 재미있는 드라마 이야기와 까르르 웃음소리가 범벅이 돼 넘쳐난다. 띄엄띄엄 오는 산간 버스가 서는 차부 근처라서 학생들에게는 패스트푸드점인 셈이다.

제주도는 명절 차례상에 빵을 올린다. 대목을 맞아 엄마랑 아빠가 밤새 빵을 만들면 작은방에 넣는 일은 우리 몫이다. 산더미처럼 차곡차곡 쌓고 비닐과 담요를 덮으면 준비 끝이다. 방안에 빵 냄새가 그득하다. 계산을 할 수 있는 나랑 동생들은 엄마를 거든다. 나이가 많이 차이나는 막냇동생은 안방에 앉아 금고를 지킨다. 지폐를 꺼내 열 장씩 모은 뒤 깔고 앉는다. 이른 시간부터 구덕(바구니)을 든 어르신들이 꾸역꾸역 몰려온다. 동네 사람도 있고 산간 버스 타고 내려온 바지런한 분들도 보인다. 오랜만에 만나 안부도 전하면서 나누는 이야기가 꼬리에 꼬리를 문다.

그 빵집에서 우리 네 형제가 컸다. 나는 요즘도 '곰보빵'을 좋아한다. 조금은 촌스럽고 우스꽝스럽지만 그리움과 정겨움이 다닥다닥 엉겨붙은 동네 빵집이 생각나서 그렇다.

화요일 저녁, 8시 즈음.

데이비드 위즈너 글·그림, 《이상한 화요일》, 비룡소, 2002

———

제각집 순영이

최숙자

친구 순영이는 제각집에 살았다. 순영이네는 묘지기였다. 순영이네 집 뒷산에는 묘 몇 기가 줄지어 있었다. 순영이네 집과 동네 사이에는 신작로, 논, 냇물, 논이 가로놓여 있었다. 순영이네 다섯 식구는 제를 지내는 큰 기와집 옆 초가집에서 살았다. 순영이는 우리랑 잘 안 놀고 늘 집 안에 박혀 지냈다. 순영이 엄마와 아버지도 마찬가지인 듯했다. 동네에서 그이들을 본 적이 거의 없으니까. 순영이네는 한동네지만 쉽게 갈 수 없었다. 제각과 동네 사이를 흐르는 냇가에 삿갓 모양 바위가 있었는데, 한밤중에 개울을 건너다가 그 바위를 맞닥트린 경험담이 으스스한 이야기로 둔갑해 동네에 퍼진 탓도 컸다. 신작로에서 놀다가 누군가 순영이를 떠올리면 논을 지나 개울 건너편 순영이네 집을 향해 순영아 놀자고 애타게 불렀다. 순영이네 집은 늘 빈집처럼 조용했다. 딸이 나가 놀면 엄마가 싫어한다고 했다. 어느 날 어둑어둑해질 무렵에 순영이가 건너와 고무줄놀이랑 뿌리밟기를 함께한 적이 있었다. 순영이는 중간에 서둘러 돌아갔다. 어두운 개울을 건너야 한다는 두려움 따위는 보이지 않았다. 미련이나 아쉬움도 없는 듯했다. 불만도, 웃음도 안 보이는 그 무표정은 오래도록 기억에 남았다. 중학교 때였다. 동네 친구들이 모여 놀다가 함께 자기로 했다. 이왕 마음먹은 김에 순영이도 부르기로 한 우리는 논두렁으로 달려가 냇가 저쪽에 있는 순영이를 불렀다. 순영이는 금세 건너왔다. 밤새 놀아도 된다고, 엄마가 마음놓고 놀라 했다고 좋아했다. 그 밤에 우리는 깔깔대며 숱한 이야기를 나눴다. 한밤에 떼로 울어대는 개구리처럼. 가끔 밤새워 놀자고 다짐도 했다. 얼마 뒤 우리는 서로 다른 고등학교로 흩어졌다. 방학 때 시골집에 내려갔다. 얼마 전 순영이네가 서울로 이사 갔다는 말을 들었다.

우리는 똑딱 바위처럼 변치 않는 친구

에스텔 비옹-스파뇰 글·그림, 최혜진 옮김, 《똑, 딱》, 여유당, 2018

프로 전학러

김숙자

나는 '프로 이사러'이자 '프로 전학러'였다. 어릴 때 전학 다섯 번, 어른이 돼 이사 열여섯 번. 국민학교 1학년 때 갑작스레 서울로 올라갔다. 강동국민학교에는 태백에서 생각지도 못한 성적표를 받았다. 양, 가, 양, 가. 양갓집 규수가 될 운명이었을까. 우연히 놀러간 같은 반 친구네 집에는 양변기도 있고, 문틈에서는 그네가 흔들렸다. 야속하게 재미있는 그네를 타다가 공동변소 쓰는 우리집이 싫어졌다.

1년 뒤 경북 영주. 우리 반은 서울에서 온 나와 영주 부잣집 딸을 중심으로 나뉘었다. '서울 아이'라는 부러움을 등에 업고 우쭐한 나는 정의의 사도가 돼 잘난 척하는 부잣집 딸을 무시했다.

"현주, 너 내일 학교 끝나고 내성천으로 나와!"

두 무리는 강가에서 만났고, 따라 나온 남자아이들은 중립이었다. 주먹다짐은 없었다. 거친 말싸움과 뜨거운 화해의 눈물만 있었다. 1주일 뒤, 나는 강원도 두메산골로 떠났다. 날마다 다른 모양으로 머리를 땋고, 얼굴도 하얗고, 도시에서 온 나. 첫 짝은 남자였다.

"야, 김동현. 이 선 넘지 마! 지우개도 연필도. 야, 넘지 말랬지!"

가자미눈으로 째려보고는 팔을 길게 뻗어 엎드린 뒤 곁눈질도 하지 않았다. 한 달에 한 번 짝 바꾸는 날만 기다렸다. 반에서 키가 가장 큰, 동그란 안경 너머 살포시 웃는 눈이 귀여운, 내 짝꿍 영화.

영화는 지금도 내 든든한 후원자다. "너 잘하면서! 너 할 수 있잖아." 생뚱맞은 일을 해도 무한 긍정이다. "너 정말 멋있어." 소식이 뜸하면 연락한다. "무슨 일 없지?" 이제 영화는 나보다 작다. 동현이는 고등학교 때 나를 좋아했다. '야자' 끝나고 반대쪽에 사는 나를 날마다 바래다줬다. 골골거리는 내가 엎드려 있으면 약을 사 와 책상에 넌지시 놓고 갔다. 이제 내가 아프면 약은 남편이 챙긴다.

엄마는 화장실 바닥을 달처럼 빛이 나게 청소하고,
커다란 유리창을 아빠가 수영을 가르쳐 준 호수처럼
깨끗하게 닦습니다.

다이애나 콘 지음, 프란시스 델 가도 그림, 마음물꼬 옮김, 《우리 엄마는 청소 노동자예
요!》, 고래이야기, 2014

———

청소는 언제나 즐거워요
임정은

청소를 나서서 하는 아이였다. 다들 싫어하는 청소를 자청하면, 세상 착한 아이라는 칭찬이 돌아온다는 걸 일찌감치 알아챘다.

"그 찬물에 걸레를 빨아서 닦고 있더라고요. 애가 손이 다 터서 꺼칠하도록……."

선생님은 학부모 상담을 온 엄마에게 입이 닳게 칭찬을 했다. 나는 교실에서만 청소를 했다. 집에서는 게으르고 지저분했다. 6학년 때 일기장에 이렇게 썼다. '저녁을 먹고 설거지를 했다. 엄마가 잘했다고 하시며, "딸 낳은 보람 있네"라고 하셨다.' 엄마가 되물었다.

"설거지 같은 일로 딸 낳은 보람 있다고, 내가 정말 그랬니?"

뜨끔했다. 백일장에서 상 타는 데 노련한 나는 일기도 글짓기처럼 적당히 꾸며 쓰기를 잘했다. 설거지를 하기는 했지만, 엄마 대사는 내가 생각해도 생뚱맞았다. 엄마의 십팔번은 이 대사였다.

"여자는 결혼하면 어차피 싫어도 해야 돼. 내 밑에 있는 동안에라도 아무것도 하지 마. 그 시간에 책이나 한 자 더 봐."

외할머니도 같은 말을 하며 딸내미들을 집안일에서 면제해줬다. 딸이라고 집안일을 맡기지 않은 점에 감사하지만, 아들에게도 나눠주지 않으셨다. 남편한테 기댈 수 없는 것은 두 말할 나위도 없고. 그래서 엄마와 할머니 모두 가사 노동을 독박 썼다. 결혼 뒤 가사 노동과 육아를 평등하게 분담하자고 주장했지만, 요구를 쟁취하지는 못했다. 태업과 파업을 번갈아 하면서 20여 년을 근근이 버텼다.

"청소는 언제나 즐거워요."

작년에 산 중국산 로봇 청소기는 작동 버튼을 누르면 활기차게 말하고 바로 움직인다. 너라도 청소가 즐겁다 해줘서 고맙다. 잘 부탁해! 그런데 이 로봇 목소리, 꼭 여자여야 할까?

"눈으로 보고 귀로 듣는 것만으로 남을 판단하는 사람들은 정말 바보야! 마음으로 느껴야 해."

패트리샤 폴라코 그림·글, 최순희 옮김, 《바바야가 할머니》, 시공주니어, 2003

호랑이 할머니
안영미

대문 앞 볕 좋은 곳에 의자가 하나 있다. 동네에서 호랑이로 유명한 우리 할머니 전용 자리다. 호랑이 할머니는 아침 먹고 늘 그 자리에 앉아 콩이며 마늘을 깠다. 놀러오는 친구도 가까이 사는 이웃도 그 시간만큼은 할머니 앞을 지나지 않았다. 인자하고 너그러운 분은 아니었다. 손자 못 낳은 며느리에게 고된 시집살이를 시킨 시어머니, 아들에게 큰 기대를 걸고 사는 엄하기만 한 어머니였다.

두 돌이 되기도 전부터 나랑 할머니는 한 방을 썼다. 연년생으로 태어난 동생에게 엄마를 양보했다. 다섯 살 무렵은 어렴풋이 기억이 난다. 잠자리에 들기 전 머리맡에는 물 한 대접, 발밑에는 요강을 가져다 뒀다. 엄마랑 자겠다고 떼쓴 적도 없다. 할머니와 나의 동거는 생각보다 오랜 시간 이어졌다. 글을 읽지 못할 때라 책은 없었다. 유일한 놀이는 할아버지하고 천자문 떼기, 할머니하고 화투로 그림 배우기였다. 마을 회관에서 화투가 한창일 때면 갈고 닦은 실력이 빛을 뿜었다. "할머니! 달이 세 개면 삼광이지?"

나한테도 친구는 있었다. 짓궂은 용현이. 마음에 들지는 않지만 하나뿐인 또래였다. 한글 자음 외우기로 나하고 비교당하는 날이면 씩씩거리며 삐쳐서 집에 갔다. 어느 날 용현이가 장난기 가득한 얼굴로 총싸움을 하자며 찾아왔다. 용현이는 장난감 총에 흙을 넣고 쐈다. 내 눈으로 흙이 잔뜩 들어갔다. 울음소리에 놀라 뛰어나온 할머니는 물로 닦을 정신도 없는지 눈 안의 흙을 혀로 핥았다. 크고 매섭기만 하던 할머니 눈이 부예졌다. 용현이 할머니를 찾아가 크게 싸우기도 했다. 용현이하고는 한동안 같이 놀 수 없었다.

할머니는 화난 듯 무섭고 퉁명스럽기는 해도 늘 내 편이었다. 우리 할머니는 수호신 호랑이다.

옛날 옛적 갓날 갓적 까막까치 말을 하고 호랑이 담배 필 적에

허은미 글, 서현 그림, 《너무너무 공주》, 만만한책방, 2018

똑똑이의 보따리

최숙자

엄마도 옛날이야기 하나 해줄게. 어떤 똑똑이가 아버지랑 둘이 살았대. 엄마는 똑똑이를 낳다가 죽었대. 아버지는 똑똑이를 엄청 미워했대. 똑똑이는 손끝이 야무져 빨래도 잘하고 바느질도 잘했대. 놀기도 잘해서, 동네 아이들이 똑똑이 없으면 심심해했대. 그러던 어느 날 아버지가 새신랑 옷을 한 벌 지으라고 하더래. 알고 보니 아버지가 새장가를 가는데, 그 상대가 만날 같이 놀던 친구였다네. 욕심만 많지 야무진 데가 하나도 없는 애였대. 새엄마는 똑똑이 엄마가 쓰던 옷들을 모두 밖으로 던져버렸대. "이건 내 장롱이야. 앞으로는 여그다 옷 넣지 마." 아버지도 날마다 똑똑이를 혼냈대. "가시내년이 왜 그렇게 독살시려." 아버지랑 새엄마는 하루 세끼 꼬박꼬박 먹었지만, 똑똑이는 눈치보느라 자주 굶었대. 허기지면 우물가로 가 배를 채웠대. 어느 날 그곳에서 한 남자를 만났대. 둘 다 홀린 듯 반했대. 똑똑이는 착한 그 남자를 무작정 따라가기로 마음먹었대. 결혼식도 안 하고 살면서 아이를 둘 낳았대. 억척스럽게 일해서 밭도 사고, 닭도 사고, 돼지도 길렀대. 그런데 전쟁터에 나간 남편이 영영 안 돌아왔대. 전염병까지 돌아 아이 둘이 한 달 사이에 죽고 말았대. "다 너 때문이야. 네 팔자가 세." 시아버지는 똑똑이를 내쫓았대. 집을 나오는데 헛간에 달걀 세 개가 보여서 시아버지한테 드렸다네, 글쎄. 길을 걷는데 날이 저물었대. 마침 빈집이 보여서 들어갔는데, 웬 거적 쓴 여자가 있더래. 자기는 죽을병이 걸렸으니 어서 나가라길래 같이 죽으려고 하룻밤을 함께 잤다네. 일어나니 거적 쓴 여자는 간데없고 보따리만 있더래. 보따리를 푸니 깨끗한 저고리랑 봉투가 하나 나오더래. 그 뒤 똑똑이는 하는 일마다 잘 풀려서 오래오래 행복하게 살았대. 그런데 그 봉투에는 뭐가 들어 있었을까?

"사람들 앞에서 뽀뽀하지 마."

토미 웅거러 글·그림, 조은수 옮김, 《엄마 뽀뽀는 딱 한 번만!》, 비룡소, 2003

내가 결혼한 이유

윤혜린

어릴 때는 남자들이 다 무섭고 귀찮았다. 내 짝꿍만 하겠다는 강정 때문에 1년 내내 다른 짝꿍은 못 만났고, 스토커처럼 우리집 앞에서 서성이는 진성 때문에 하굣길이 두려웠다.

중학교 때 인기 최고인 킹카 후배가 나를 좋아한다고 소문이 났다. 질투에 불타는 다른 여자애들이 만나지 말라고 협박도 했다. 질척거리는 꼴이 귀찮아 만나러 나간 날 갑자기 볼에 뽀뽀를 당했다. 울면서 수십 수백 번 세수를 해도 더러운 기분을 지워낼 수가 없었다. 그래도 한결같은 정성에 어쩔 수 없이 만나러 나간 어느 날, 그 애는 자전거를 끌고 왔다. 자전거 뒤에는 푹신한 방석이 깔려 있었다. 자기만 아는 멋진 장소에 가는데 길이 울퉁불퉁하니 허리를 꽉 잡으란다. 어이없었지만 타자마자 덜컹덜컹 먼지 나는 시골길을 달리려니 비명을 지르며 후배의 허리로 저절로 손이 갔다. 셔츠를 꼬집듯 움켜잡고 한참을 가니 노을에 반짝이는 아름다운 호수가 나타났다. 살랑살랑 바람에 버들가지 흔들리고 찌르르 벌레 우는 소리가 들렸다. 둘이 호숫가 풀밭에 털퍼덕 앉아 멀뚱멀뚱 먼 산을 쳐다보는데 어깨에 살짝 뭔가 닿는 듯한 느낌에 소름이 돋았다. 그때였다.

"야, 너 이리 와봐."

어디서 나타났는지 남자 고등학생들이 나를 보고 손짓을 했다. 너무 무서워 벌벌 떠는데, 자기가 따돌릴 테니 누나는 집에 뛰어가라며 후배가 일어섰다. 차마 혼자 도망갈 수 없어서 멀찌감치 떨어져 기다렸다. 날은 어둑해지고 무슨 일 생길까 봐 땀 삐질삐질 흘리며 얼마나 기도를 했는지 모르겠다.

지금은 여자를 귀찮게 하는 남자와 여자를 귀하게 여기는 남자를 가릴 수 있게 됐다. 그래서 결혼했다.

무슨 선물이 좋을까?

패트릭 맥도넬 글·그림, 신현림 옮김, 《이보다 멋진 선물은 없어》, 나는별, 2016

최고의 선물

김숙자

자고 일어나면 아랫목에 동생이 생기고 놀다 오면 아랫목에 또 동생이 나타난 세월 속에서 팔 남매 맏이 큰아주버님은 밭농사만 해 대가족을 건사했다. 팍팍한 시골 살림이지만 아들만큼 나이가 차이 나는 막냇동생은 잘살기를 바랐다.

남편이 친구랑 서울살이를 할 때였다. 아주버님이 가리봉동 주택가 2층 자취방에 다니러 오셨다. 화장실이 1층에 있는 허름한 집이었다. 서울 가면 다 잘 먹고 잘살 줄 아셨나 보다. 밥 잘 먹으라는 말만 하고 가셨다. 며칠이 지난 뒤에야 남편은 알았다. 자기가 신던 낡은 구두를 큰아주버님이 신고 가신 사실을. 의좋은 형제들은 발 크기도 비슷한 모양이었다.

시댁에 가면 막내인 나는 설거지 담당이다. 설거지가 끝날 때쯤 큰아주버님이 냉장고 문을 열고 물통에 넣어둔 식혜를 꺼내어 컵에 따라 드신다.

"시원하고 맛있어요. 함 드셔봐요."

나는 배가 아무리 불러도 식혜를 따라 마신 뒤 답가처럼 말한다.

"정연 아빠, 식혜 엄청 맛있어. 마셔볼래요? 안 마시면 후회할걸."

스물다섯 살이나 차이 나는 막내 제수씨가 큰아주버님은 어렵고, 나도 큰아주버님만 오시면 잘되던 밥이 설익는다.

스물세 살 큰아들은 술값도 부족하고 담뱃값도 모자란 복학 준비생이다. 여섯 살 어린 동생에게 형은 세상에서 가장 똑똑하고 멋있는 사람이다. 형이 좋아하는 과자를 보면 계산대에 슬쩍 올려놓는다. 제대하는 날 형이 동생에게 묻는다.

"편의점 상품권 필요하냐? 이거 써."

요즘은 헌혈하면 상품권을 준단다. 동생을 위한 최고의 선물이다.

"너는 나의 진주야. 내가 너의 조가비가 되어 줄게."
메두사 엄마가 부드럽게 말했어요.

키티 크라우더 지음, 김영미 옮김, 《메두사 엄마》, 논장, 2018

가지 말라믄 가지 말라

강정미

송당리 마을제에 갔다. 한 해 마을의 안녕을 기원하는 자리였다. 금옥 언니가 사진 찍으러 간다길래 마지못해 희끄무레한 새벽에 집을 나섰다. 스무 살 넘도록 무당은 많이 봤지만, 제단도 모자라 돌담 위를 빙 둘러서 쟁여놓은 차롱들은 처음이었다. 돌담 같은 무질서의 질서였다. 차롱에는 엄마가 기원할 때마다 새벽에 빚던 흰 돌레떡이 담겨 있었다. 담백하고 쫄깃하고, 씹을수록 입안에 단맛이 돌아 좋아했다. '엄마처럼 이 떡을 빚고 기원하는 사람이 이렇게 많았나?' 되레 안심이 됐다. 항상 영험함에 기대는 엄마를 걱정하는 참이었다.

심약하고 창백하던 나는 자주 엄마 손에 이끌려 머리, 얼굴, 손끝, 발끝을 침으로 콕콕 찌르는 겉침을 맞으러 다니고 넋들임을 했다. 언니 친구들을 졸래졸래 따라갔다가 연화못에 빠져 허우적거릴 때, 길 가다 커다란 개가 짖어 벌벌 떨며 오도 가도 못할 때, 사람에 흠칫흠칫 놀랄 때, 엄마는 한 손에는 물이 든 밥공기를 들고 다른 손은 내 머리에 얹은 뒤 한입 머금은 물을 내 얼굴에 내뿜었다.

"넋 들라, 넋 들라."

엄마가 기원하는 사이 내 마음속에는 다른 두려움이 똬리를 틀었다. '나한테 혹시나 내림굿이 되면 어쩌지.'

그날도 멀리 떨어져 다른 사람 등 뒤에서 겁에 질린 채 굿하는 무당을 지켜봤다. '혹시나 나한테 귀신이 붙으면 어쩌지?' 집에 돌아와 하루를 옹팡 아팠다. 이대로 못 일어나면 어쩌나 하는 두려움에 짓눌려 있을 때 엄마가 그러신다.

"다시는 남의 굿 하는 데는 가지 말라이. 재수 나쁘면 아픈다이."

"왜?"

"가지 말라믄 가지 말라. 거기 다녀왕 아픈 거 아니냐게."

"깜깜한 밤이 오면 나는 꼼짝도 할 수가 없어."

이선미 글·그림, 《귀신 안녕》, 글로연, 2018

___

안녕, 귀신
최숙자

시작은 〈수사반장〉이었다. 납량 특집 〈수사반장〉. 우리집만 텔레비전이 있었다. 일찍 저녁을 먹은 동네 사람들이 하나둘 마당으로 들어와 덕석 위에 앉았다. 시선은 모두 마루 위 '테레비'를 향했다.

날이 깜깜해졌고, 조마조마한 마음으로 최불암 반장님을 만났다. 갑자기 날카로운 소리가 나고 고양이 한 마리가 시골집 창호지 문에 내던져지더니 피가 쫙 퍼지면서 무당의 괴기스러운 눈빛이 겹쳐졌다. 심장이 멈췄다. 영혼은 갈가리 찢겼다. 그 뒤 나는 공포 속에 살아야 했다. 누구에게도 털어놓지 못하고 혼자 끙끙거렸다. 한낮에 학교에서 돌아오면 식구들은 논으로 밭으로 일 나가고 집은 텅 비어 있었다. 집에 못 들어가고 대문 앞에서 한정 없이 서 있기 일쑤였다.

부모님은 장날에 읍내에 나가 아스피린, 쌍화탕, 가스명수, 마이신 같은 상비약을 떼 왔다. 산골이라 병원이 멀기 때문인데, 하필이면 그 약들을 시커먼 벽장 속에 넣어뒀다. 누가 사러 오면 벽장문을 열어 약을 꺼내는 일은 십중팔구 내 몫이었다. 힘든 농사일을 하는 마을 사람들은 열이 나도, 속이 쓰려도, 체해도 약을 먹었다. 낮에는 그나마 괜찮았다. 온 식구가 잠든 한밤중에도 문을 두드렸다.

"마이신 하나 꺼내다줘라."

아버지가 무심하게 한마디하면 나는 온몸이 쪼그라들었다. 시커먼 벽장문을 열면 뭐가 있을까. 사각형 텔레비전을 닮은 벽장 속에서 뭔가 튀어나올 듯했다. 정체 모를 공포에 몇 년 동안 나는 고독했다. 친구들은 한밤중에 떼 지어 몰려다니면서 어른 흉내를 냈지만, 나는 귀신이 무서웠다. 그러던 어느 날, 엄마가 '엑소시스트'가 됐다.

"나는 사람이 무섭지, 밤길은 하나도 안 무섭다. 귀신, 그까짓 게 어디 있다냐? 다 쓸데없는 소리지."

손을 대 보니 너무 차가워 왠지 모르게 무서워졌어.

다나카와 슌타로 글, 가루베 메구미 그림, 최전선 옮김, 《죽음은 돌아가는 것》, 너머학교, 2017

죽음, 그리움

김숙자

다섯 살 때 본 외할아버지의 죽음, 국민학교 6학년 때 벌에 쏘인 여섯 살 조카의 죽음, 중학교 2학년 때 외할머니의 죽음, 고등학교 2학년 때 엄마의 죽음, 스물세 살 때 회사 동료하고 다투다가 세상을 떠난 외삼촌의 죽음. 내가 본 죽음들이다.

세 번의 연탄가스 중독.

처음에는 너무 어려 기억이 없다. 두 번째는 심하지 않았다. 세 번째 마신 날에는 속이 메스껍고 하늘이 노랗게 되더니 똥물까지 토했다. 처음 느낀 죽음의 공포다.

수영을 못했다.

빈 비료 부대를 두 손으로 꼭 잡고 바람을 넣어 1분짜리 튜브를 만들었다. 신나게 물장구쳐서 강 한가운데로 갔다. 1분은 짧은 시간이었다. 갑자기 비료 부대에 바람이 빠지고 내 몸은 물속으로 빨려 들어갔다. 더 크게 허우적거릴수록 더 깊이 가라앉았다. 물속에 갇혀 죽음의 공포를 느꼈다.

한밤에 문득 잠에서 깰 때가 있다.

체기가 있는 듯해 까스활명수에 훼스탈을 삼키고, 사이다를 마시고, 환으로 된 소화제를 먹고, 사혈기를 찾아 열 손가락을 따고, 베란다 창가에 서서 심호흡을 하고, 다시 엄지손가락을 따서 피를 내도, 속은 더 답답해지고 숨은 점점 막혀온다.

아무도 모르는 막연한 세계, 살아서 경험하지 못할 세계. 나는 죽음이 두렵다. '죽다'는 동사이고, '죽음'은 명사다. 죽으면 스스로 움직이지 못하니까. 죽음은 또 다른 명사를 남긴다. 죽음이 남기는 그리움이 두렵다.

2

― 그냥 텃밭에 배추를 심자고 해야겠다

그 마음들이 네 마음을 도와줄 거야.

언제나 너를 도와줄 거야.

김희경 글, 이보나 흐미엘레프스카 그림, 《마음의 집》, 창비, 2010

———

아무렇지도 않게

윤혜린

"오늘 똥글똥글 똥을 두 덩이나 쌌다아."

"잘하셨네요, 어머니." 아무렇지도 않게 남편은 칭찬을 한다. 부엌에서 쨍그랑 우당탕 소리가 난다. 아무렇지도 않게 나는 냉장고 문을 닫고 바닥에 쏟아진 반찬을 주워 쓰레기통에 넣는다.

"얘, 나 불렀니?"

벌컥 방문을 연 어머님이 뚱딴지처럼 묻는다. "아뇨." 아무렇지도 않게 큰손녀가 답한다.

"어머머! 어머머!"

아무렇지도 않게 작은손녀는 후다닥 베란다로 뛰어가 넘어지려는 할머니를 붙잡는다.

"나 여기 멍들었나 봐봐."

어머니는 바지를 내려 엉덩이를 내보인다. 아무렇지도 않게 손자가 대답한다. "어휴, 조심하시지. 조금 멍들었는데, 괜찮아요."

아무렇지도 않게 되는 동안 우리는 정말 아무렇지도 않았을까. 파킨슨병을 앓는 어머니하고 함께 산 지 2년이 지났다.

"또 흘리네, 또 흘려."

젓가락이 부들부들 떨리더니 식탁과 바닥에 반찬이 나뒹군다. 단정하고 부지런하던 어머니는 이제 식탁에 함께 앉지 않으신다.

"약 먹느라 먼저 밥 먹었다아."

어머님 손가락이 진반찬과 마른반찬을 오가며 식탁을 누비면, 아이들 눈살은 저절로 찌푸려지고, 화기애애하던 분위기는 어색한 침묵에 밀려난다. 따로 먹으면 속 편하지만, 마음 한구석이 아리다.

"여보, 나 좀 잡아줘요. 가만히 서 있으려는데, 자꾸 뒤로 가네."

아무렇지도 않게 아버님은 쓱 손을 내미신다.

"어디 두고 보자."

사노 요코 글·그림, 이선아 옮김, 《두고 보자! 커다란 나무》, 시공주니어, 2004

내가 가장 싫어하는 말

강정미

냉장고에 우유를 잠깐 넣어둔다. 그야말로 잠깐이다.

사 오기 바쁘게 금세 사라진다. 꿀꺽꿀꺽 '우유 먹는 하마'가 집에 둘이나 있다. 예전에는 돌 된 아들 아토피 때문에 우유를 멀리했다. 두 살배기 딸을 생각해 사 오기는 했지만, 꺼내다 주기 전까지는 아무도 손대지 않았다. 유통 기한을 넘기기 일쑤였다.

어느 날, 냉장고에서 꺼낸 우유를 딸에게 주려는데 소파에 비스듬히 기대어 있던 남편이 말을 건넸다.

"그 우유 오래된 거 아니야?"

그러고는 곧바로 허리를 꼿꼿이 세웠다.

"그러지 않아도 네가 언제 치우나, 두고 보자 했다."

망치로 두들겨 맞은 듯, 나는 멈칫했다. 내가 알던 남편이 아니었다. 다정함이 몸에 밴 남편이 무심히 내뱉은 한마디가 꽂혔다. 큐피드의 화살은 아니었다. 손이 부들부들 떨려 우유를 쏟을 뻔했다.

"어떻게 알면서도 치우지 않고 있어? 가뜩이나 상한 우유 먹고 하연이가 탈이라도 나면 어쩌려고? 이게 두고 볼 일이야?"

"아니, 나는 네가 좀더 신경을 쓰기를 바랐지. 내가 치우니까 네가 혹시 모르나 해서……."

몸을 홱 돌려 개수대에 상한 우유를 쏟아부었다. 차가운 스테인리스에 부딪힌 포말들이 마구 튀며 떨리는 목소리를 휩쓸어갔다.

'두고 보기는 뭘 두고 봐! 내가 어쩌나 보고 있었다는 게 말이 돼? 나를 감시하는 거야? 뭐야?'

'두고 보자'는 내가 가장 듣기 싫어하는 말이다. 두고 보기 전에 알아차린 사람이 바로 처리하면 된다. 모르면 알려주던지. 나중에 평가하려 하지 말고.

"오늘도 참 좋은 날씨구나."
엄마는 또 빨래통을 꺼내왔습니다.

사토 와키코 글·그림, 이영준 옮김, 《도깨비를 빨아 버린 우리 엄마》, 한림출판사, 1991

———

드림의 드럼
최숙자

드디어 고장났다. 대우 공기방울 통돌이 세탁기가 통째로 들썩이며 털털거렸다. 고무 패킹이 탔단다. 그렇게 돌려댔으니 탈 만도 하지.

빨래 넣는다. 전원 켠다. 물 받고, 세제 넣어, 잠깐 돌린다. 전원 끄고, 30분 정도 불린다. 전원 켜고, 세탁 시작한다. 10분쯤 지나 세탁기 끈다. 전원 켜고 처음부터 다시 시작. 세탁, 헹굼, 탈수까지 마무리하면 헹굼 두 번 추가. 대여섯 시간이 걸린다.

이런 빨래 습관은 세탁기가 시원치 않다고 생각한 뒤 시작됐다. 통 돌아가는 소리가 너무 커서 밤에는 돌릴 수도 없다. 뒤 베란다 문도 열 수 없으니 뜨거워진 세탁기도 답답하겠다. 평일은 그나마 낫지만 주말에는 난감하다. 온 식구가 집에 있다. 아이들 교복까지 빨래도 더 많다. 오후까지 끝낼 생각에 오전부터 돌린다. 털털털, 덜커덕, 쿵쾅쿵쾅. 온종일 돌아간다. 재작년, 고3 딸이 한마디한다.

"아, 엄마 미치겠어. 좀 대충하면 안 돼? 나 고3이라고."

올해는 고3이 된 아들이 똑같은 불만을 터트렸다. 온 식구 아우성에도 나는 요지부동이었다. 얼마 전 결혼 25주년이 됐다. 25년. 세탁기를 바꾸자는 생각이 들었다. 매장도 안 가고 200만 원짜리를 망설임 없이 클릭했다. 드림의 드럼을 샀다. 아침밥 먹고 느긋하게 빨래를 돌린다. 세탁기가 돌아가는 동안 설거지도 하고, 청소도 하고, 씻고, 나갈 준비도 한다. 어느새 빨래가 끝나 있다. 빨래를 널고 나갈 수 있다. 아니, 한 번 빨래를 넣으면 끝날 때까지 그냥 맡기면 된다.

"아이고, 홀가분해. 왜 이렇게 가뿐하데."

"세상에 진즉에 바꾸지. 세탁기 바꾸면 되는걸. 그렇게 몇 년 동안 세탁기 앞을 쫓아다녔어?"

무심한 남편이 한 말을 드럼으로 빨아버리고 싶었다.

봄볕 눈부신 유채꽃 바다 돌아 집으로 가는 올레.
빙떡이랑 오메기떡 이웃끼리 고운 정 나누던 올레.
"혼저덜 옵서."

허영선 지음, 이승복 그림, 《바람을 품은 섬, 제주도》, 파란자전거, 2010

과랑과랑

변영이

"아이고. 속았져. 오젠허난 속았져. 지한이도 많이 커신게."

"어디 아픈 데 없지예. 전화도 잘 못 허고 죄송하우다."

"서울서 다섯 명이 살젠허난. 어떵 잘 살아점시냐."

"재혁 아방이 담배만 호솔 끊어시믄 좋을 건디예. 겅 골아봐도 안 됨수다."

단기 방학에 막내랑 둘이서 제주도 시댁을 들렀다.

"조꼬띠 올레길 이성게예. 둘이 꼬닥꼬닥 다녀오젠마씸."(근처에 올레길 있던데, 둘이 다녀올게요.)

"옛날 검질매레 가던디 뭐 허레 가젠 햄시냐. 벳이 과랑과랑헌디."(옛날 김매러 가던데 뭐 하러 가려고. 햇볕이 쨍쨍한데.)

표선-남원 올레길이나 다녀올까 하다가 접었다. 어머님이랑 남편 흉도 보고 친정 안부도 전하며 실컷 이야기를 나눴다.

오랜만에 온 손주 챙겨준다고 점심은 자장면을 주문하셨다. 읍내 중국집 배달 승용차에 나도 아이도 눈이 동그래졌다. 저녁은 제주산 돼지고기를 숯불에 구워 먹는데, 연기가 얼마나 나는지 화재경보기도 울렸다. 점심에 저녁까지 챙겨 먹으니 하루가 홀랑 지나갔다.

"무사 지한인 말도 잘 안허고, 밥도 잘 안 먹엄싱게. 어떵 아픈거 아니가?"(왜 지한이는 말도 잘 안 하고, 밥도 잘 안 먹는데. 어디 아픈가?)

"명절에 형들이랑 오당 혼자만 오난 호솔 이상한 모양이우다."(명절에 형들이랑 오다가 혼자만 오니 조금 이상한 모양이에요.)

자려고 누웠는데, 지한이가 살그머니 다가와 귓속말을 했다.

"엄마, 서울 가면 다시 한국말 쓸 거야?"

재미있는 얘기 또 해달라고?
맛있는 거 주면 해 주지.

이지은 글 · 그림, 《팥빙수의 전설》, 웅진주니어, 2019

몽실이의 전설
안영미

딸이 책장에서 내 고등학교 졸업 앨범을 들고 왔다.

"엄마 사진은 어디 있어?"

남편은 기다렸다는 듯 사진 속 나를 열심히도 찾는다. 동갑내기 남편은 아내 놀려먹는 재미로 산다. 고향은 같지만 동창은 아니다. 버스 두 정거장 거리 남고를 다녔다. 가끔 학창 시절을 같이 보내기라도 한 듯 그 무렵의 나를 꿰뚫어 볼 때가 있다.

"거기, 맨 윗줄, 오른쪽 셋째, 몽실이 보이지?"

아침 내내 머리를 손질해도 '귀밑 2센치' 똑단발은 멋부리는 데 한계가 있다. 검정 스타킹 위에 흰 양말, 단화를 신고 버스를 탄다. 겨울이 되면 난로 앞 자리에 자주 앉는다. 쉬는 시간에는 안 오던 잠이 수학 시간만 되면 기가 막히게 찾아든다. 나이 지긋한 선생님의 늘어지는 목소리에 원수 같은 잠은 더 쏟아진다. 친구들 웃음소리에 나는 잔 적 없다는 듯 자연스럽게 눈을 뜨면 어느새 책상 앞에 선생님이 서 있다. 내 책상을 툭툭 치면서 혀를 차는 선생님.

"얘들아, 꼴찌는 내가 할 테니 일등은 니네나 해라."

남녀 공학이지만 건물은 다르다. 쉬는 시간 종이 울리면 모두 뛰었다. 이유는 다 달랐다. 옆 교실에 교과서 빌리러, 연애편지 주러, 공중전화 앞으로 삐삐 치러 달린다. 나는 매점으로 내달린다. 어묵이 더 많은 불어터진 떡볶이는 먹고 싶지 않다. 3년 동안 매점 개근을 하니 몸무게가 10킬로그램 늘었다. 치마는 불어난 뱃살 덕분에 접지 않아도 무릎 위로 올라간다. 똑단발에 얼굴은 넓적해진다.

딸이 졸업 앨범 속 나를 찾았나 보다.

"아빠, 엄마가 왜 몽실이야? 《몽실 언니》에 나오는 그 몽실이야?"

"음……엄마한테 물어봐."

"산다는 건 맵거나 쓸 때도 있고, 시거나 짤 때도 있습니다.
달콤한 때도 있고요."

박숲 글·그림, 《오, 미자!》, 노란상상, 2019

달콤, 쌉쌀, 매콤, 짭짤, 상큼한 세상
윤혜린

17살, 세상을 알기에는 턱없이 부족한 나이. 세상 쓴맛 본 적도 없고 부모 바라는 대로 신중하게 바른길만 걸은 네가 한 결정이었지.

"엄마, 애들은 너무 착하고 똑똑한데 숨막혀. 이렇게 또 3년을 내 생각도 없이 꼭두각시처럼 공부만 하면서 시간을 보내기 싫어."

국제중을 졸업할 무렵 고등학교 진학을 놓고 심각한 고민을 털어 놓았지. 너를 굳게 믿은 만큼 네 결정은 무엇이든 존중하고 싶었어. 언제든 공부하고 싶을 때 해도 늦지 않다고, 공부하는 곳이 꼭 한국이 아니어도 괜찮다고 생각했지.

"검정고시 출신은 이쪽에 제출하세요."

어리둥절 어디로 가야할지 몰라 내가 긴 줄 끝에 서 있는 동안 너는 아무도 없는 맨 끝 접수대에 가서 이미 서류를 내고 있었지. 나이도 어리고 외국어도 되고 성적도 우수하니 특례 전형을 해보라는 말에 S대에 지원했지. 접수대는 외국 학교 졸업생 한 줄, 학교장 추천 한 줄, 검정고시 포함 기타 한 줄로 나뉘어 있었어. 서류를 내는 열일곱 살 네 뒷모습이 어찌나 당당하고 당차던지 세상 어디에 놔둬도 끄떡없는 큰 바위 같았지.

굳이 검정고시 출신자를 따로 줄 세우는 학교가 불만스러웠고, 그 줄에 서 있는 너를 바라보는 내 눈물이 짰고, 시린 가슴 달래도 선뜻 네 곁으로 발걸음을 옮길 수가 없었어. 이렇게 서류 접수부터 차별받는 매운 세상에 너를 떠미는 듯해 먼저 다가가 손잡기가 미안했어. 씩씩하게 웃으며 돌아서는 모습을 보니 잠시 불안하던 내가 부끄러웠고, 처음 품은 믿음을 끝까지 지킬 수 있게 웃어준 네가 고마웠어. 열일곱에 지원한 S대는 아니지만 그래도 S대라며 웃는 열여덟 살 네가 참 달콤했어.

보이지 않는 이야기를 가득 싣고
덜컹 덜컹 덜컹 덜컹

김효은 지음, 《나는 지하철입니다》, 문학동네, 2016

삼 형제의 삼 천 원

변영이

아이 셋을 데리고 지하철을 탔다. 5호선 끝이라 편히 앉아서 출발했다. 평일인데도 시내로 들어서니 혼잡했다. 꽉 찬 사람들 틈에 할아버지 한 분이 둘둘 만 매트를 들고 서 있었다. 마음이 쓰였지만, 이미 다른 어르신에게 자리를 내어드린 뒤였다. 초등 고학년 첫째에게 자리를 양보하자고 귓속말을 했다. 처음에는 손사래 치던 할아버지도 고맙다고 하면서 자리에 앉으셨다. 한숨 돌린 할아버지가 주섬주섬 주머니에서 뭔가를 꺼냈다. 지하철에서 아이들에게 사탕이나 초콜릿을 주는 어르신을 가끔 만났다. 이번에도 그러려니 하고 지켜보는데, 주머니에서는 천 원짜리 지폐 석 장이 나왔다. 앞에 서 있는 첫째, 옆에 앉아 있는 둘째와 셋째한테 차례로 나눠주신다. 아이들은 동그래진 눈으로 나를 쳐다보고, 나는 당황해서 할아버지보다 더 크게 손사래를 쳤다. 할머니가 욕실에서 넘어지는 바람에 미끄럼 방지 매트를 사서 들어가는 길인데 정말 고마워서 그러니 그냥 받아달라고 하신다. 붐비는 지하철에서 내리자마자 아이들이 물었다.

"엄마, 착한 일 하면 돈도 생기는 거예요?"

천 원짜리 종이돈을 팔랑거리면서 편의점으로 달려가더니 마이쮸를 들고 나왔다. 아이들 입에는 달달함이 퍼졌다.

아이들이 더 어릴 때는 좌석 두 개에 셋이 붙어 앉았다. 올망졸망 까치발을 하고는 손잡이를 잡겠다고 낑낑댔다. 동동거리던 아이들 발이 내 발을 넘어서고, 선반 위로 아이들 머리가 쑤욱 올라섰다.

"엄마, 앉으세요!"

장정이 된 아이들한테 거꾸로 어른 대우를 받는 시간이 왔다. 나 때는 지하철에 임산부석이 없었다. 임산부석 뛰어넘고, 이제 내게 남은 자리는 교통약자석인가?

나 레모네이드 좋아하는데!

마크 서머셋 글, 로완 서머셋 그림, 이순영 옮김,《레모네이드가 좋아요》, 북극곰, 2013

핑계를 핑계 삼아

김숙자

처음부터 술을 잘 마신 건 아니다. 학력고사를 앞두고 백일주로 샴페인을 마셨다. 한 모금 마신 뒤 토하고 주정도 부렸다. 스무 살 무렵 다시 배운 술은 청하. 레몬, 오이, 체리를 넣어 만든 각종 소주를 서너 주전자 마셨다. 술이 세졌다. 패스포드 네 병 정도는 비워야 땅바닥이 덤벼들고 전봇대가 걸어 다녔다.

아이를 낳을 때마다 주량이 줄었다. 술 마신 다음날에는 무릎이 시렸다. 술은 도수가 아니라 양 때문에 취한다면서 맥주는 체질에 안 맞는다는 개똥철학을 설파하던 내가 이제는 맥주만 마신다. 꿀꺽꿀꺽 시원한 목 넘김, 약간의 탄산이 올라온 뒤 찾아오는 트림, 한 잔만 마셔도 불러오는 배. 맥주가 찐 좋다. 편의점 문 열고 맥주 코너로 직진, 빠르게 스캔한다. 각종 수입 맥주, 4캔 1만 원 행사 상품, 카드사 할인 행사에 입이 귀에 걸린다. 신중하게 고른다. 처음 본 맥주 하나, 블랑1664 하나, 블루문 하나, 파타고니아 하나. 벌써 네 캔? 블루문 빼고 블랑 두 개? 아니, 8캔으로 고! 기네스 오리지널 하나에 광화문? 하와이안 코나? 빠른 걸음으로 집에 온다.

오늘은 한 캔만 마셔야지. 아쉽다, 딱 한 캔만 더 마셔야지. 이 일을 어쩐다? 밤이 너무 조용하다. 이불 속에서 캔을 따야 하나? 베란다는 안방에 너무 가깝다. 도둑처럼 살금살금 화장실 문을 닫는다. 성공이다. 꽃비가 내린 날에도, 아스팔트에 김이 폴폴 올라오는 날에도, 눈이 시리도록 투명한 날에도, 세상이 온통 하얗게 빛나는 날에도, 날이 좋아도 날이 흐려도 시원한 맥주가 생각난다. 날을 핑계로 거의 날마다 마신다. 어쩌면 날도 핑계인지 모른다. 큰 소리로 말하고 싶은 핑계, 목놓아 울고 싶은 핑계, 나도 징징거리고 싶은 핑계, 꿀꺽꿀꺽 맥주를 삼키며 핑계를 목으로 넘긴다.

이제는 나이를 한 해 한 해 세는게 아니라
행복하게 보내는 순간 순간을 세고 있다고?

하이케 팔러 글, 발레리오 비달리 그림, 김서정 옮김, 《100 인생 그림책》, 사계절, 2019

———

스페인 팬티는 빨개

윤혜린

"엉덩이가 빨갛게 물들었어. 스페인 팬티는 뭐 이러냐."

보름짜리 유럽 여행은 이틀 만에 잃어버린 캐리어 때문에 먹구름이 가득 꼈다. 여행지를 옮길 때마다 주소를 남겼지만 숙소로 보내주던 짐은 소식이 없었다. 멋쟁이 홍 여사는 급한 대로 속옷과 신발 한 켤레를 사서 버텼는데, 더는 참지 못했다. 단벌옷에 눌러쓴 모자가 보기 싫다며 사진도 안 찍었다. 사실 아주 배부른 투정이었다.

"언니야, 엄마 사흘 안에 인슐린 주사 안 맞으면 무슨 일이 생길지 몰라. 약만 먹어서 조절이 안 된대. 주사 못 맞으면 그전에 무조건 한국 들어와야 해!"

하늘이 노래지고 이국땅에서 무슨 일을 치를지 모른다는 두려움이 물밀듯 밀려왔다. 새벽에 담당 의사랑 통화한 동생이 영문 처방전을 보냈지만, 똑같은 약을 구할 수 없었다. 혈당 체크가 급해서 포르투 현대미술관 근처에 있는 루스 종합병원을 찾아갔다. 당뇨 베테랑답게 식사 조절을 한 덕에 수치가 높지는 않았지만, 긴 여행에 매번 병원을 찾을 수 없으니 혈당계를 구해야 했다. 리스본 시내 약국을 열 곳이나 들렀지만 허탕을 쳤다. 내 애달픔을 아는 아들은 군소리 없이 따라왔고, 딸은 짐 찾는 문제 때문에 여행사랑 실랑이하면서 아우구스타 거리를 헤맸다.

"와, 리얼리? 리얼리? 두 유 해브 디스 원?"

기대도 않고 들어간 열한째 허름한 약국에서 혈당계를 산 뒤 우리 넷은 만세를 불렀다. 마지막 날 바르셀로나에 있는데 전화가 왔다. 8시에 짐이 도착했다. 다음날 홍 여사는 셋째 딸이 사준 새 옷으로 이번 여행에서 처음 한껏 멋을 내고는 한국행 비행기에 올랐다.

"혜린아, 다음번에는 이스라엘을 가보자."

저마다의
도토리 시간이
고요히 흐르고 나면
우리는 함께
하늘을
봐

이진희 글·그림,《도토리시간》, 글로연, 2019

———

영이야, 애썼다

변영이

바쁜 출근 시간대, 길에서 남학생이 왔다갔다한다. 뒤늦게 버스 정류장에 나타난 남학생 옆에는 여학생이 함께 있었다. 나도 같은 버스를 탔다. 남학생은 두 명 앉는 자리를 향했는데, 여학생은 교통약자석에 홀로 앉아버렸다. 남학생이 멈칫하더니 여학생 바로 앞에 앉았다. 남학생은 뒤돌아 앉아 방실대고, 여학생은 눈 한 번 맞춰주지 않는다. 혹시 우연히 만난 것처럼 하고 왔을까. 둘을 쳐다보다가 갑작스레 눈물이 났다. 어머, 나 왜 이러니.

한 달에 한 번 타로 선생님을 만나 여신 의례를 한다. 근황을 전하던 끝에 말을 건넸다. 샘이 그냥 흘리지 않고 꼬집어 되묻는다.

"남학생이 아들이랑 연결돼 보인 걸까요? 왜 마음이 쓰였을까요?"

"그르게요. 깊게 생각 안 하고, 갱년기인가 그랬거든요. 우리 아들이랑 연결돼 보인 건 아니었어요. 남학생이 마음을 전하려고 애쓰는 게 정말 짠했어요. 그거였네요, 무던히 애쓴다."

왜 그 단어가 덜컥 걸렸을까?

애쓰다, 마음 쓰다, 힘쓰다, 용쓰다, 욕보다, 고생하다, 고전하다, 노심초사하다, 기를 쓰고 버티다, 노력하다, 분주하다, 여념이 없다, 전력을 다하다, 고군분투하다, 수고를 아끼지 않다, 공들이다, 몰두하다, 골똘히 들여다보다……

동생 셋에 엄마하고 함께 큰딸로 마음 썼고, 아이 셋 낳아 키우느라 엄마로 분주했구나. 내가 맡은 일에서 민폐 끼치고 싶지 않아 고군분투했고, 조금만 더 젊어 보이고 싶어 용을 쓰고 있었구나.

영이야, 애썼다. 토닥토닥.

"선생이 꾼 꿈이 진짜로 일어나게 될 거요."

크리스 반 알스버그 지음, 이지유 옮김, 《세상에서 가장 맛있는 무화과》, 미래아이, 2003

꿈 노트

임정은

아침에 눈을 뜨면 더듬더듬 안경부터 찾는다. 눈곱도 떼지 않고 곧장 책상 앞에 앉는다. '꿈 노트'를 펼치고 연필로 꾹꾹 날짜부터 쓴다. 2018년부터 꿈 노트를 썼다. 꾸준히 하지 못해도 일주일에 한두 번은 쓰는 리듬을 유지하려 애쓴다.

꿈이 떠오르면 꿈을 적는다. 조각난 이미지나 모호한 느낌만 있으면 그거라도 적는다. 흥미진진한 스토리가 생생한 날은 월척을 낚은 기분이다. 적을 게 없으면 아무거나 세 페이지를 쓴다. '쓴다'보다는 '채운다'에 가깝다. 어제 나를 화나게 한 사람, 짜증난 일을 적거나, 큼지막하게 욕을 갈길 때도 있다. 오늘 할 일을 떠올리고 일정이라도 점검한다. 타로 카드를 뽑고 명상을 한 뒤 만난 이미지를 기록하기도 한다. 아침을 맞는 의례, 요즘 말로 '아침 루틴'이다.

'꿈은 신이 보내는 연애편지'라고 한다. 영성적 관점에서는 꿈의 발신자가 신이겠지만, 심리학으로 보면 무의식이 말을 거는 일이다. 아이들에게도 꿈을 무시하지 말고 꿈이 들려주는 목소리를 귀하게 여기라고 당부한다. 아이들도 인상 깊은 꿈을 꾸면 들려준다.

"아빠랑 형이랑, 셋이 공원에 놀러갔어. 나무 열매가 날아오는 거야. 얼굴에 부딪혔어. 끈끈하고, 물컹하고, 느낌이 되게 좋았어."

"나 무서운 꿈 꿨어. 엄마가 운동장에서 총살형 당하는 걸 봤어."

무서운 꿈도, 끔찍하고 공포스런 꿈도 소홀히 하지 않는다. 감정과 기분에 집중해서 아이들이 들려주는 꿈 이야기에 몰입한다. 내 몸에서 나왔지만 독립된 생명체들. 성장하면서 부모와 자기 사이에 경계를 세우고 영역을 넓히는 데 몰두한다. 그러면서도 무의식의 한 자락을 허물없이 보여주니 감격스럽다.

"꿈 이야기 들려줘서 정말 고마워."

대체 어디로 갔을까?

김종민 그림, 이상희 글, 《소 찾는 아이》, 사계절, 2007

링반데룽

황동옥

길을 잃고 헤매는 꿈을 자주 꾼다. 미로에 갇혀서, 아이를 업고 끝없이 걷는 꿈이다. 길을 못 찾는 게 아닐까. 꿈인데도 그 장면은 또렷하게 남아 있다.

꿈은 기억 속의 길을 불러온다. 1990년 12월, 세 살배기 딸을 데리고 일본으로 떠났다. 회사 연수차 일본으로 먼저 떠난 남편을 만나러 가는 길이었다. 일본어는 '아리가토 고자이마스, 스미마셍'만 알았다. 탑승 시각이 두 시간 당겨진 사실을 남편은 몰랐다. 나리타 공항은 낯설고 추웠다. 걱정만 하고 있을 수 없어 공중전화로 갔다. 지나가는 일본인에게 전화번호를 내밀었다. 전화가 연결되고, 남편을 만났다. 요코하마에 있는 사택은 쾌적한 아파트였다. 딸아이 겨울옷과 장난감은 이웃이 줬다. 눅눅한 습기를 머금은 대기 탓에 몸은 늘 무거워도, 놀이터에는 딸을 '지짱'이라 부르면서 동생처럼 잘 챙기는 아이들이 많았다. 남편은 일밖에 몰랐다. 늘 신경이 곤두서 있었고, 딸이 칭얼거리면 고함을 지르며 무섭게 때렸다. 아이는 엄마 주위만 맴돌았다. 뭐가 그렇게 힘든지 궁금했지만, 남편은 침묵했다. 결혼한 지 1년이 될 무렵 울화증이 생겼다. 남편이라는 벽에 대고 말하는 시간이 쌓인 탓이다.

다음해 봄, 우에노 공원으로 봄나들이를 갔다. 우리 식구 셋, 부하 직원 둘, 일본인 친구 하나가 일행이었다. 벚꽃이 떨어지는 밤 풍경에 빠져들었을까, 맥주 반잔에 취했을까. 화장실에 간다고 나섰는데 돌아가는 길을 잃어버렸다. 똑같은 길을 돌고 돌았다. 입구도 출구도 없는 길. 포기하고 역으로 향했다. 다행히 일행을 만났다.

꿈은 마음의 지도다. 지금도 힘들 때면 나는 꿈속에서 그 기억 속의 길로 들어간다.

앗

호무라 히로시 글, 시카이 고마코 그림, 《눈 깜짝할 사이》, 길벗스쿨, 2018

———

하나아, 두울, 셋!

윤혜린

"하나아, 두울, 셋 하면 호로록 타고, 하나아, 두울, 셋 하면 쪼로록 내리는 거야."

막내 돌 무렵 중국 택시를 타고 내릴 때 가족끼리 보낸 사인이다.

"또우 스 니더 하이즈마?"

"부스. 부스. 따뉘할 스 워더 펑요더 하이즈."

택시 기사가 셋 다 네 아이냐고 물었다. 중국에서 아이 셋 있는 집은 갑부라고들 하니까, 혹시 해코지할까 봐 진저리치며 말한다. 기저귀 가방 든 큰 여자아이는 친구 딸이라고.

안방이 중국 집 화장실만 하다며 투덜거리고, 하루 종일 집안일에 시달리고, 차 한 잔 마실 여유 없이 누우면 코 골기 바빠도, 5년 만에 돌아온 한국에서 속은 편했다.

"엄마, 작은누나 어디 있어요?"

"어……없네."

지하철 문이 닫히고 막 떠나려는데, 혼자 플랫폼에 서 있는 둘째랑 눈이 마주쳤다. 다음 역에서 만나자고 손짓 발짓을 다 했다.

"돈도 없고, 핸드폰도 없는데, 다음 역에서 못 내리면 어쩌지?"

"이탈리아 말도 하나도 할 줄 모르잖아!"

지하철 한 정거장이 왜 이렇게 긴지, 다음 열차는 왜 오지를 않는지 발만 동동거리고 애간장이 타들어갔다. 얼마나 지났을까, 열차가 도착하고 차문이 열리자 아주 여유롭게 걸어 나오는 둘째.

"잘 좀 보고 따라다녀. 딴 데 정신 팔지 말고."

"엄마, 나 혼자 숙소도 찾아갈 수 있어."

로마에 간 첫날 막내는 작은누나의 보디가드가 됐다. 아이들은 이제 다 컸지만, 집 밖에서는 여전히 신경이 곤두선다. 늘 '앗!' 한다.

"애야, 에미야, 우지 마라
그 많던 걱정 근심 다 내려놔서 그렇니라"

윤석남 · 한성옥 그림책, 《다정해서 다정한 다정씨》, 사계절, 2016

———

나이들면 다 그래?

강정미

"엄마, 이게 뭐야?"

주스를 마시다 말고 하연이가 소리친다.

"씻은 거야, 안 씻은 거야? 대체 설거지를 어떻게 하는 거야?"

'깨끗이 씻었는데…… 왜 그러지?' 잘못을 인정하기 싫다. 자꾸 지적질하는 스무 살 딸이 얄밉다.

"그냥 조용히 마시던지, 다른 컵 쓰면 될 텐데."

혼자 중얼거릴 뿐이다. 설거지할 때마다 얼룩에 신경을 쓰는데도 곧잘 놓친다. 벌써 다초점 렌즈를 할 나이인가. 식당에 온 손님처럼 타박하는 다 큰 자식 앞에서 나는 한없이 작아지고 작아진다.

나도 컵에 묻은 얼룩이 싫었다. 엄마가 좀더 신경을 써서 그릇을 씻기를 바랐다. 가끔 밥그릇에 딱딱하게 눌어붙은 밥풀은 게으른 엄마 같았고, 썰지 않은 김밥을 통째로 먹으라는 말을 들을 때는 볼멘소리로 투덜거렸다.

"귀찮아서 그러지?"

언제부터 엄마는 설거지도 대충하고 찌개에 넣을 채소도 듬성듬성 썰어서 순서 없이 쓸어 담았다. 아끼던 행남자기 그릇도 자주 깨트렸고, 손가락에는 대일밴드가 곧잘 붙어 있었다.

"엄마, 왜 그래? 나이들면 다 그래?"

한참 뒤에 알았다. 백내장 수술을 했지만, 결국 엄마는 오른쪽 눈을 실명했다.

"에휴, 안경은 불편해서 못 쓰겠다이."

엄마는 뿌연 세상을 그대로 받아들이면서 해맑게 웃는다.

너는 알까
이 이야기는 조금 특별해
너와 나, 우리처럼
우리가 함께한 시간들처럼

제르마노 쥘로 글, 알베르틴 그림, 정혜경 옮김, 《나의 작고 작은》, 문학동네, 2001

―――

엄마의 새집

오영민

친정집이 멀어졌다. 아빠가 퇴직을 고민하기 시작한 뒤 2년 동안 이어진 망설임 끝에 귀향이 결정됐다. 부모님이 옮긴 집은 엄마가 어린 시절을 보낸 곳이다. 잠깐 외출하다가 돌아온 듯 그 집은 다시 엄마의 새집이 되고, 내 친정집이 됐다.

엄마의 새집에는 조그만 텃밭이 딸려 있다. 직장을 오래 다닌 사람이면 흔히 달고 사는 만성 질환을 골고루 앓고 있는 아빠가 소소하게 가꾸기 딱 좋은 크기다. 텃밭에는 손주들하고 함께 먹다 남은 과일 씨앗부터 두 분이 자급자족하는 데 필요한 온갖 씨앗을 정성스럽게 심고 있다. 얼굴은 검게 그을리고 살도 빠졌지만, 아빠는 전에 없이 활기찬 모습이다.

엄마는 처음으로 마음에 쏙 드는 싱크대를 달았다. 40년 동안 이어진 타향살이에 부엌을 자기가 원하는 대로 꾸민 적도 없고 딱히 인테리어를 해보지도 않았다. 싱크대 문짝을 바꾸는 날에는 기념사진을 몇 장 찍어 보내기도 했다. 엄마는 처음 자기 방이 생겨서 신이 난 아이 같았다.

그렇게 부모님이 새로운 시작을 하면서 나도 덩달아 마흔 넘어 늦깎이 독립을 하는 중이다. 아플 때면 찾아가 아이를 맡기고 쉴 수 있는 부모가, 맛있는 음식이 생길 때마다 불러서 먹이던 친정집이 멀어졌다. 떨어질 날이 없던 김치가 떨어졌다. 때마다 열무김치, 배추김치, 총각김치를 챙겨주던 엄마가 멀어졌다.

처음으로 마트에서 김치를 고른다. 김치 담그는 법을 배울까? 아니다. 그냥 텃밭에 배추를 심자고 해야겠다.

뚜구두구 둥둥 뚜구두구 둥둥

정인하 글·그림, 《밥·춤》, 고래뱃속, 2017

———

엄마 꿈은 뭐였어?

윤혜린

"엄마 꿈은 뭐였어? 무슨 일 하고 싶어?"

아이에게 하던 질문을 내가 받는다.

"백화점 ○○매장, △△연구소, □□샵, ◇◇아파트, 이런 데 엄마가 공사한 곳이야."

아이가 알 만한 곳을 주저리주저리 늘어놓다가, 검정색 테일러 재킷에 하늘하늘 검정색 시폰 나팔바지 펄럭이며 또각또각 하이힐 신고 인테리어 마무리 공사로 한창 바쁜 압구정동 카페에 들어선다.

"어, 드루와 드루와. 입구에 본드 통 김 기사님 갖다 드리고, 이것 좀 도와줘."

처음 대면한 이사님에게 인사할 겨를도 없이 무릎 꿇은 채 모서리에 낀 톱밥을 손가락으로 후벼파고 마룻바닥 돌면서 구석구석 먼지를 닦았다. 첫 직장 첫 출근에 첫 업무는 밀려드는 축하 전화가 물색없을 정도로 옹색하고 꾸질꾸질했다. 빗자루도 걸레도 필요 없었다. 나풀거리는 바지통에 먼지가 날리고 덜 마른 본드는 끈적끈적 잘도 닦인다. 한껏 힘을 준 오피스 룩은 거추장스런 애물단지가 됐다. 쪼그려 앉기 힘든 힐은 당장이라도 뽀개버리고 싶었다. 땅과 발이 하루 종일 딱 달라붙어 나일론 스타킹은 이미 고릿한 발 냄새로 진동하고, 딱딱한 구두 속 발바닥은 열불이 났다.

선생님의 꿈을 접고 디자이너가 되겠다며 겁도 없이 덤벼들었지만, 현실은 만만찮았다. 평생 두 번 없을 고생이지만 웬만한 일쯤 훌훌 털어버리게 할 만큼 나를 단련한 시간이었다. 좋아하는 일을 해서 행복한 나날이었다. 엄마 꿈을 묻는 아이들에게 말했다.

"얘들아, 더디 가도 천천히 하고 싶은 것을 찾아 오랫동안 즐길 수 있으면 좋겠어."

3 —
텅
비
어
버
릴
때
까
지

"너는 아름다운 나비가 될 수 있어.
우리는 모두 너를 기다리고 있을 거야!"

트리나 폴러스 글·그림, 김석희 옮김,《꽃들에게 희망을》, 시공주니어, 2017

하늘을 난다

김지영

"김지영, 조용히 해!"

선생님이 또 내 이름을 불렀다. 속닥속닥 재미난 이야기를 하니까 그저 한마디 거들었다. 나만 미워하나 싶었다. 억울했다. 나는 말 많은 아이가 아니었다. 가끔 크게 웃으면 이름이 불렸다. 득음의 경지에 오른 목소리 때문이었다. 엄마는 내가 한번 울어 젖히면 온 동네가 시끄러웠다고 한다. 막냇삼촌이 우는 나를 번쩍 들어 재래식 화장실 똥통에 던져버리겠다고 겁을 줄 정도였다. 타고난 목소리다.

중학생 때였다. 최신 가요를 다 꿰고 있고 노래도 잘 부르는 아이로 통했다. 한번은 담임 선생님 시간에 노래를 불렀다.

"아까 과학 시간에 노래한 애 누구야? 앞으로 나와!"

고개를 푹 숙이고 자리에서 일어섰다. 깐깐하기로 유명한 가정 선생님이 하필 옆 반에서 수업 중이었다. '이 죽일 놈의 목소리'가 원망스러웠다. 교탁 옆에 섰다. 억울했다. 모두 숨죽이고 지켜본다.

"너야? 내가 옆 반에 있어서 잘 못 들었으니까 다시 불러봐."

수학여행 장기 자랑, 대학교 잔디밭, 졸업식 사은회, 이벤트 중인 술집에서도 대표로 노래를 불렀다. 지금은 빵그 대표 가수로 활동 중이다. 감미로운 발라드를 즐겨 듣고 몽환적인 분위기를 좋아하지만, 나는 로커다. 목소리에 잘 어울리기 때문이다. 하늘은 내게 목소리만 주지는 않았다. 치명적인 약점도 덤으로 안겼다. '무대 공포증'이다. 이 약점을 극복했다면 나는 지금 어떤 모습일까?

작은 술집에 모여 술을 마시며 떠든다. 옆 테이블 눈치를 보더니 친구가 나를 툭 친다.

"쉿!"

억울했다. 내 목소리는 하늘을 난다.

친구여, 추억이란 낡은 모자일 뿐이다.

그러나 상상력은 새 신발이지. 새 신발을 잃어버렸다면

가서 찾아보는 수밖에 달리 무슨 수가 있을까?

존 패트릭 루이스 글, 로베르토 인노첸티 그림, 안인희 옮김, 《마지막 휴양지》, 비룡소, 2003

‒‒‒

천국의 계단

최숙자

건강이 나빠졌다. 유산소 운동을 하란다. 19층 아파트 계단을 네 번 왕복한다. 여덟 계단 올라가면 방향이 꺾이고, 다시 여덟 계단 올라가면 층이 바뀐다. 층마다 계단의 넓이, 높이, 깊이가 같다. 현관문도 똑같다. 층수를 세지 않으면 그 집이 그 집이고, 그 층이 그 층이다. 아니다. 그 집은 그 집이 아니고, 그 층은 그 층이 아니다.

　바퀴 커다란 자전거가 계단에 쓰러지듯 서 있다. 주인은 우리 아들 또래 고등학생일 거야. 학교 끝나고 배가 많이 고팠나 보네. 집으로 부리나케 뛰어 들어가 '엄마, 배고파' 했겠지? 엄마는 뭐라 했을까? '어유, 우리 아들 배고파? 잠깐 기다려' 했을까, 아니면 '너는 맨날 배가 고프냐?' 했을까? 오줌이 급할 수도 있겠네. 503호는 층계참에 빈 상자 여러 개를 키보다 높게 쌓아놓았다. 현관문 양옆에도 상자가 보였다. 왜 재활용을 하지 않고 쌓아둔 걸까? 빈 상자일까? 버릴 옷? 신발? 이불? 이 집 주인은 배 나온 아저씨일까? 예민하게 생긴 바짝 마른 아줌마일까? 흰 머리 파마가 고집스럽게 보이는 할머니? 엄청 날씬하고 화려하고 예쁜 언니일지도 모르지. 에이, 아니네. 저기 커피 배너가 있네. 커피 가게가 잘 안 돼 폐업하고, 남은 물건을 쌓아놓았네. 1004호에 할아버지가 들어가시는군. 못 보던 분인데. 기우뚱기우뚱 하는 품이 어디 불편하신가? 시골에서 올라오셨나? 시아버지일까, 친정아버지일까? 저 할아버지도 나처럼 죽음을 끼고 사실까? 아니야, 1004호잖아. 천사일지도 몰라. 손주들에게 줄 선물을 배 안에 너무 많이 숨겨서 몸이 잠시 기울어진지도 모르지.

　천 개 넘는 계단을 상상 없이 오르는 일은 지옥이다. 상상 속에서 천 개의 계단은 천국의 계단이 될 때가 있다. 계단을 오르는 내게 상상은 단테를 인도하는 베아트리체인지도 모른다.

헬리콥터들은 길을 떠났어요. — 먼 먼길을 —
나무들이 우거진 숲을 지나고

고미 타로 글·그림, 김난주 옮김, 《헬리콥터의 여행》, 베틀북, 2003

———

지리산 반지원정대

김미지

〈반지의 제왕〉은 우리 가족 최애 영화다. 모험 이야기를 유독 좋아하기 때문이다. 도시에서 분출하지 못한 수렵 욕구를 충족하려고 자주 지리산 여행을 떠난다.

굽이굽이 녹음 짙은 길을 따라 산청 어느 계곡 속으로 들어가면 우리들의 아지트가 반긴다. 창문 열면 내대천이 흐르고, 수다스러운 새소리가 아침잠을 깨운다. 아이들은 고사리와 죽순을 캔다. 베어 그릴스처럼 발 시린 계곡물에서 다슬기 잡으면서 놀다가, 민들레와 씀바귀를 캐 온다. 방에서 혼자 책 읽던 나는 된장에 산나물 무쳐 보약 반찬을 만든다. 툭툭 감 떨어지는 가을에는 산밤을 줍느라 짧은 해가 야속하다.

20분 정도 차를 몰고 가면 지리산 탐방로 중에 가장 힘든 등반 코스가 있다. 첫해는 전체 16킬로미터의 반을 올랐다. 다음해는 남편과 아들들만 천왕봉 정상까지 오르고 나는 10킬로미터 지점에서 하산했다. 이번에는 여덟 살 둘째가 어지간히 자존심을 긁는다. '북한산 날다람쥐라고 들어봤니?' 속으로 중얼거리면서 네 시간 반 만에 정상에 올랐다.

올라왔으니 내려가야 했다. 하산 시간이 정해져 있어서 마음이 바빴다. 뒤쳐진 채 서둘러 따라 내려갔다. 무릎에 난생처음 찢어지는 고통이 찾아왔다. 누가 도와줄 수도 없다. 이대로 굴러 내려갈 수는 없을까. 산악 구조 요청 팻말이 눈에 박힌다. 땀인지 눈물인지 글자가 흐릿해진다. 지팡이를 짚고 다섯 시간을 내려왔다.

포기하지 말라고 대나무 지팡이를 만들어 건네준 큰아들이 꼬질꼬질한 얼굴로 웃었다.

"아들! 반지 원정대는 이제 해산이야."

"똥아, 똥아, 느림보 똥아!

빨리빨리 나와라."

이춘희 지음, 박지훈 그림, 임재해 감수, 《똥떡》, 사파리, 2020

———

똥떡 말고 똥돼지

변영이

"정하 이모, 왜 돼지가 있어요?"

"옛날 사람들이 쓰던 화장실이라고요? 오, 마이 갓!"

"혹시 이래서 제주 흑돼지가 유명한 거예요?"

성읍민속마을에 친구를 만나러 간 김에 초가집 투어를 했다. 조그만 돌담 안에 있는 흑돼지들 앞에서 아들 셋이 일시 정지 상태. 손으로 코를 부여잡고 한참을 들여다보더니 저기서 똥을 눈 옛날 사람들은 원시인이란다.

"그 옛날 사람 여기 있거든! 엄마가 어릴 때 할아버지네 집 화장실이 저랬어."

돌담 사이 좁은 골목길을 한참 걸어 들어가면 정낭이 나온다. 대문 대신 가로놓는 나무 기둥이다. 문제의 화장실은 내가 태어나고 몇 년 산 밖거리와 할아버지네 초가집이 있는 안거리 사이에 있다.

돌로 엉기성기 쌓은 벽을 돌아 울퉁불퉁 돌계단을 올라가면 돌덩이 두 개가 나타난다. 돌덩이 변기에 자리를 잡고 앉으면 다리가 후들거린다. 구름 위에 쪼그리고 앉은 느낌이다. 제대로 앉기도 전에 달려오는 돼지들 때문에 더 무섭다. 자칫 삐끗 하면 돼지하고 친구하게 될까 봐 겁난다. 누군가 돌담 사이로 보고 있는 것만 같다. 돼지 살피랴, 돌담 너머 사람들 살피랴, 정신이 하나도 없다.

소변은 마당 귀퉁이에 쪼그려 앉아 해결했다. 어떻게든 화장실에 안 가려고 노력했지만, 오랜만에 맛난 음식을 왕창 먹으니 그놈의 신호가 올 수밖에 없다. 한복 입은 명절이면 똥돼지 만나러 가는 길에 얼마나 툴툴거렸나 모른다.

먹고, 싸고, 사는 일은 돌고 돌았다. 좁은 집에서 넓게 살았다.

찰스는 노란 꽃 한 송이를 꺾어서 스머지에게 건넸습니다.

앤서니 브라운 지음, 하빈영 옮김, 《우리 친구 하자》, 현북스, 2018

친구 명신이

강정미

발걸음이 가볍다. 곧 명신이를 만난다. '합정 땡스북스에서 고사리 가방 작가와의 만남이 있대. 같이 가자.' 2년 만에 문자를 남기고 안절부절못했다. 기다렸다. '그래, 그렇게 하자.' 숨이 멎는 줄 알았다. '합정역 3번 출구 앞 5시에 보게이.'

명신이는 나보다 한 살 위다. 나한테는 '친구' 명신이고, 다른 친구들한테는 '언니'다. 대학교 들어가서 만나 내가 먼저 친구 하자고 했다. 빤히 쳐다보며 머뭇거리더니 이내 말을 놓으라고 했다. 명신이에게 '언니' 하는 친구들 속에 '명신아' 하는 내가 있었다. 명신이랑 더 가까워 보이는 나를 아니꼬워하기도 했다. 고등학교 선배에게 말 놓는다고 수군거렸다.

명신이는 《유리알 유희》를 선물해 헤르만 헤세를 사랑하게 해줬고, 새 노트 첫 페이지에 신경림의 시 〈갈대〉를 적어서 슬며시 내 가방에 넣기도 했다. 식빵을 구워와 빵도 직접 만들 수 있다는 걸 알려줬고, 한림수직으로 연미색 스웨터를 짜서 입고 다녔다. 스무 살 나는 친구가 손으로 만들어내는 것들이 다 신기했다.

따뜻한 친구 명신이는 자기 엄마를 닮았다. 명신이 엄마는 홀로 여섯 아이를 키운 품 넓은 분이다. 갑자기 놀러온 딸 친구에게도 늘 더운밥을 지어주셨다.

"정미 와시냐? 남의 귀한 딸한테 찬밥 먹게 허믄 안 되주게."

그런 말들이 듣고 싶어 명신이네 집을 자주 들락날락했다. 명신이를 좋아한 건지 명신이 엄마를 좋아한 건지 모르겠다.

지금 친구 명신이가 엄마 나이가 돼 합정역 3번 출구에서 나를 기다리고 있다.

어느 날, 나는 생각했어.
음식 속에 들어가면 어떤 기분일까?

시바타 게이코 지음, 김언수 옮김, 《맛있어 보이는 백곰》, 길벗스쿨, 2018

달콤한 위로

김숙자

무를 좋아한다. 무로 만든 음식도 모두 사랑한다. 숭덩숭덩 썬 소고기에 들기름 넉넉히 두르고 달달 볶다가 나박나박 썬 무를 넣고 좀 더 볶는다. 여기에 두 번째 쌀뜨물을 받아 부은 뒤 뭉근히 끓이다가 송송 썬 파랑 다진 마늘을 넣고 소금과 국간장으로 간한다. 소고기를 넣는 호사를 누릴 수 없다면, 채 친 무를 들기름 둘러 달달 볶다가 쌀뜨물 넣고 부어 뭉근히 끓인 뒤 마늘 조금 넣고 소금과 국간장으로 마무리한다. 달큼한 무와 고소한 들기름이 어우러져 몸도 마음도 따뜻해진다. 나의 최애 음식, 무국이다.

큼직하게 썰어 대가리와 내장을 뗀 굵은 멸치 듬뿍 넣고 고춧가루 술술 뿌려 갖은 양념을 더해 조린 무도, 맑은 물에 된장 한 숟가락 풀고 휘휘 저어 끓인 무도 좋아한다. 비가 부슬부슬 오거나 몸이 으슬으슬할 때 무국 한 냄비 끓여 한 그릇 그득 담고 흰 쌀밥 폭폭 말아 총각김치 척척 올려 먹으면 눅눅한 마음이 풀리고 몸도 뜨듯해진다. 무는 보약보다도, 비타민보다도 더 큰 위로가 된다.

무가 주연인 깍두기, 무채무침, 동치미도 좋아한다. 시간의 더께가 쌓여 익은 무는 매력적이다. 처음에 강하기보다는 점점 스며드는 사람이 되고 싶은 나처럼.

무는 갈치조림, 육수, 배추김치에서는 조연이다. 김치 속을 만들 때는 마늘이랑 고춧가루 같은 온갖 재료가 잘 어우러지게 한다. 사람들 사이에 섞이지 못하고 고춧가루처럼 겉도는 이를 나는 유독 잘 알아챈다. 그럴 때면 내가 무가 돼서 잘 버무려준다.

남들보다 돋보이고 싶기도 하고, 쑥스러워 무리 속에 숨어 있고 싶기도 한 내 마음은 꼭 무를 닮았다.

세상이라는 말에, 가장 먼저 떠오르는 풍경은 어떤 건가요?

오사다 히로시 글, 이세 히데코 그림, 《첫 번째 질문》, 천개의 바람, 2014

나만의 여행에 표 달기

윤혜린

여행은 삶의 쉼표다. 쉼표가 자주 올 때도 있고, 한참 만에 오기도 한다. '어디를 가느냐'보다 '누구하고 함께 가느냐'에 따라 여행의 풍경은 달라진다.

가족이 함께 떠나는 복작복작 여행은 마냥 즐겁고 행복하다. 다섯 식구 입맛을 다 맞출 수 없어 힘들지만, 얼마든지 감수할 수 있다. 아이들이 커갈수록 시간 맞추기가 어려워 아쉬운 느낌표다.

중학생 아들이랑 떠나는 여행에서 우리는 서로 보호자이고 감시자다. 같은 장소에 있어도 각자의 느낌과 삶에 충실하다. 함께 있지만 혼자인 듯 좋아하는 노래를 듣고, 책을 읽고, 핸드폰을 만지작거리는 알쏭달쏭 물음표다. 딸, 친정 엄마, 나까지 모녀 삼대 여행은 애틋하고 소중하다. 다시없을 시간처럼 사진 찍고 밀린 이야기보따리 한아름 풀어 여행길을 수놓는 큰따옴표다.

친구들이랑 떠나는 여행은 엄마, 아내, 며느리라는 말을 잊은 채 소녀처럼 웃고 떠들면서 젊은 날의 나로 돌아가는 물결표다. 시부모님하고 함께 떠나는 여행은 먹을거리와 놀거리가 신경쓰인다. 우리를 배려해서 싫다는 말을 안 하시니까 많이 생각하고 헤아려서 결정해야 하는 말줄임표다.

혼자 무작정 떠나는 여행은 외롭지만, 자유롭고 홀가분해서 좋다. 복잡한 머리를 비울 때는 음악 여행이 최고다. 나 자신에게 말을 걸고 질문하고 답을 찾아가는 독백 같은 작은따옴표다. 딸과 나만 떠나는 여행은 지난 시간을 공유하고 미래를 함께 고민하면서 각자의 삶을 응원하는 시간이다.

행복한 여행의 끝은 똑같은 일상이지만, 여행에서 만난 풍경이 더해져 조금 다른 일상을 여는 마침표다.

재미있게 놀아라, 작은 방직공아,
너는 앞으로 할 일이 참 많단다.

이보나 흐미엘레프스카 글·그림, 《할머니를 위한 자장가》, 비룡소, 2019

—

그래도 바느질한다

강정미

동이 터 오른다. 바느질 일기 쓰듯 조각 천들을 한 땀 한 땀 잇다보면 어느새 새벽. 쪽빛으로 물들인 천을 곁들여 이은 하얀 모시 조각보는 이제 발이 된다.

'볕도 가리고 바람도 숭숭 드나들게 창가에 걸어두면 빛을 받은 바느질선들이 운치가 있겠지!' 입꼬리가 저절로 올라간다.

"정미야, 조각보 바느질 배워보라. 나 천연 염색 호는디, 바느질 해줄 사람이시면 조으켜게."

제주 사는 언니가 전화를 했다. 강습비도 준다는데, 삯바느질 시킬 요량인 게다. 전통 바느질이라니 마음이 움직인다.

'잘할 수 있을까? 그래, 돈도 안 드는데 한번 배워보지 뭐.'

그렇게 시작한 바느질을 지금은 시도 때도 없이 하고 있다. 한 땀 한 땀 시간과 노력을 쏟다보면 나를 담은 조각보가 완성된다. 마음이 급하거나 화난 때 한 바느질은 나중에 보면 비뚤비뚤 땀이 고르지도 않을뿐더러 성에 차지도 않는다. 고운 땀, 화난 땀, 즐거운 땀, 외로운 땀, 가지런한 땀, 땀 흘린 바늘땀에서 내가 보인다.

한 번에 마칠 요량으로 실을 길게 빼어 바늘귀에 꿰면 어김없이 엉켜 낭패를 본다. 엉킨 실을 풀다가 꼬여버린 관계를 되돌리려는 나를 만난다. '어쩌면 내가 너무 지나쳐서 사람들이 힘들 수도 있겠다.' 곱디고운 천 조각을 마음 가는 대로 이어 붙이면 뒤틀린 감정도 가라앉는다. 색실이 가는 대로 바늘땀 길을 따라가면 천근만근 돌덩이도 사라진다. 내 손으로 뭔가를 만든 뿌듯함은 덤이다.

가운뎃손가락을 시작으로 퇴행성 관절염이 시작됐다. 바느질을 권한 언니는 손목에 무리가 와 염색을 그만뒀다. 그래도 나는 지금 바느질을 한다.

"굿모닝, 브렉퍼스트 이즈 레디!"

가브리엘레 레바글리아티 글, 와타나베 미치오 그림, 박나리 옮김, 《나는 〔 〕 배웁니다》, 책속물고기, 2018

———

나는 〔 〕 배웁니다

김지영

두 눈이 가운데로 몰린다. 초점이 흐려진다. 머릿속은 뒤죽박죽, 가슴은 두근두근, 손은 어디에 둘지 모르겠다. 영어 울렁증 증세다.

초등학교 졸업식을 마치고 중학교에 들어가기 전 영어를 처음 접했다. 엄마가 대학생 사촌언니에게 부탁해 알파벳을 배웠다. 한 시간쯤 발음 기호도 익혔다. 처음 접하는 영어에 설레어 읽고 또 읽다가 잠들었다. 그렇지만 마흔을 넘긴 지금도 영어랑 친하지 않다.

전화가 울린다. 친구가 영어 회화 클래스에 들어오란다. 강사가 원어민이라고 한다. 절대 안 한다고 했다. 자신도 없고, 이제 와서 영어 회화라니…….

나는 '거절의 기술'이 부족하다. 영어 회화 강사가 자기소개를 하란다. 뭐 그 정도는 할 수 있다. 문제는 그게 내 실력의 전부라는 현실이었다. 그날 이후 나는 묵언 수행을 했다.

"단어만 외워. 단어가 부족해서 그래."

그래, 그건 내가 누구보다 잘 안다. 정말 고마운 조언이지만, 한숨이 먼저 나왔다. 어제 국물 맛이 끝내준다면서 맛있게 먹은 식당 이름도 가물가물하다.

나는 '포기의 기술'도 부족하다. '할 수 있다'고 마음을 다잡으면서 1년이 넘는 시간을 보내자 어느 순간 입이 뚫렸다. 나한테도 이런 날이 오는구나. 벅찬 마음에 코끝이 찡하면서 눈물도 흘렀다.

"거봐, 할 수 있잖아! 헛된 시간 보낸 게 아니라니까."

나를 칭찬하는 내 모습이 보인다. 내 모습이 내 눈에 보인다.

꿈이었다.

선생님은 땅꼬마가 그린 그림을 좋아했어.
그래서 벽에 붙여 놓고 잘 그렸다고 칭찬했지.

야시마 타로 글·그림, 윤구병 옮김, 《까마귀 소년》, 비룡소, 1996

오후 3시 선생님
구경순

어릴 때 꿈은 의상 디자이너였다. 의류 회사에 사무직으로 취직했다. 같은 부서에서 연애하고 결혼도 했다. 남편과 내가 동등하다고 생각했고, 경쟁에서도 이기고 싶었다. 아이가 생겼다. 우리 중 한 명이 다른 부서로 옮기거나 그만둬야 할 상황이었다. 입덧이 심한 내가 사표를 냈다. 살림을 사는 나는 회사를 다니는 남편보다 초라하게 느껴졌다. 직업란에 '전업주부'로 적기 싫었다.

아이들을 키우면서 여러 자격증을 땄다. 방과 후 교실, 도서관 강의, 수학 과외에서 아이들을 가르쳤다. 더울 때는 시원하고 겨울에는 따뜻하게 일할 수 있어서 감사했다. 조마조마할 때도 있었다.

"선생님, 다음주부터는 오지 마세요."

이 말을 들으면 언제든 그만둬야 하는 프리랜서니까. 보따리장수의 수업은 어느 날 갑자기 뚝 끊긴다. 구청에서 지원을 멈추면 방과 후 교실 수업은 없어진다. 도서관 강의도 프로그램이 좋다면서 사서가 직접 진행한다고 하면 그만이다. 과외도 학부모들이 지인을 소개해주지 않으면 계속할 수 없다.

쉰이 넘으니, 누진 다초점 안경을 쓰게 됐다. 나이가 들어서도 볼 수 있는 그림책 공부를 다시 시작했다. '실버 미술' 수업도 한다. 사람들은 나를 여전히 선생님으로 부른다.

아직도 내가 궁금해서 철학원에 갔다. 태어난 시를 잘 모른다고 하니 철학관 박사님이 묻고 답했다.

"뭐하는데? …… 과외 선생 했다고. 그럼 오후 세 시야. 라이센스 없는 선생."

나는 선생이 천직이었다. 학교 끝나고 만나는 선생, 인생의 뒤안 길에서 만나는 님. 나, 선생님 맞다고요!

수지는 그냥 묵묵히 지켜보았어.

정진호 지음, 《위를 봐요》, 은나팔, 2014

——

마주보기

최숙자

햇살이 좋았다. 찬란하다 못해 은혜로웠다. 이제는 버스가 다니지 않는 작은 정류장. 온갖 광고지가 덕지덕지 붙은 둥근 쇠기둥, 미감이라고는 전혀 없는 사람이 없은 듯한 쇠 지붕, 군데군데 떨어져 나간 돌 의자. 허름한 버스 정류장도 햇살 덕분에 반짝반짝 빛났다.

"못 가. 안 가!"

고졸한 정류장이 새삼 운치 있다고 느끼던 그때, 두 모녀가 눈에 들어왔다. 십대 후반 아니면 이십대 초반인 딸이 어눌하게 되뇌며 불안하게 서 있었다. 고개를 앞으로 쑤욱 내민 채 왼팔로 물건을 잔뜩 안고 오른팔은 마치 운동이라도 하듯 동그랗게 휘휘 내저었다. 자동으로 딸의 얼굴에 눈길이 갔다. 그러다 뭔가에 이끌려 고개를 돌린 순간 엄마하고 눈길이 딱 마주쳤다. 찰나였다. 엄마는 나보다 더 오래 나를 보고 있던 듯했다. 엄마도 나도 곧바로 시선을 돌렸다. 딸보다 작은 엄마는 무거운 장바구니를 어깨에서 내려놓고 돌 의자에 앉아 있었다. 엄마는 젊고 순한 인상이었다. 단 두 걸음 동안이었다. 어린아이처럼 순진한 딸의 얼굴과 마음씨 착해 보이는 엄마의 얼굴이 햇살하고 함께 가슴을 찌르고 들어왔다. 뒤돌아보지 않았다. 근처 가게에서 저녁 찬거리 서너 가지를 사서 빠른 걸음으로 되돌아왔다. 서두르는 발걸음이 머리보다 앞섰다. 아직 그 자리에 있을까?

정류장은 비어 있었다. 햇살에 싸인 돌 의자가 평소보다 더 비어 보였다. 없지만 없다고 할 수도, 있지만 있다고 할 수도 없었다. 모녀의 부재가 증명하는 모녀의 실재가 묘한 아쉬움을 자아냈다. 나도 모르게 고개를 들어 햇살을 마주봤다. 기다란 아파트 복도들이 눈에 들어왔다. 저 위에서 누군가 이곳을 내려다본다면 나도 한 사람의 생의 찰나를 건드린 타인이 될지도 모르겠다.

너는 왜 우산을 안 쓰는 거지?"

다니카와 슌타로 · 국제앰네스티 글, 이세 히데코 그림, 김황 옮김,《우산을 쓰지 않는 시란 씨》, 천개의바람, 2017

우산이 없어요?

윤혜린

"저기야, 저기!"

"좀 멀어도 오래 볼 수 있고 사람도 없으니까 저기가 명당이야."

비가 주룩주룩 내리는 날, 보라색 우비를 입고 보라색 마스크를 쓰고 보라색 우산을 든 채 방송국 주차장 펜스 쪽으로 달려간다. 이미 유튜버들이 자리를 잡고 있다. 주차한 차 근처에서 멀지 않고 출구가 잘 보이는 곳을 찾는다. 우산 따위는 내팽개치고, 가방은 옆에 차고, 목 길게 빼고, 눈 크게 뜨고, 난간에 대롱대롱 매달린다.

"저기 나오네요. 크게 소리치면 쳐다볼 거예요."

유튜버들이 우리를 부추긴다.

"악!" "오빠!" "별님!" "호중 씨!"

다섯이 쪼르륵 매달려 우리 한번 봐달라고 고래고래 소리지른다. 자기 하고 싶은 말만 떠들어대니 뭐라고 한지 생각도 안 난다.

"밥 먹었어요?"

내 가수가 뭐라 말한 듯한데 잘 들리지 않는다.

"네, 밥 먹었어요!"

"보고 싶었어요!"

손 한 번 흔들더니 무심히 차를 탄다. 헤어진 지 30분도 안 돼 팬카페에 비 맞고 있어서 마음이 안 좋았다며 감기 조심하라는 편지가 날아왔다. 그 자리에 우리만 있지는 않았지만, 착각은 자유. 내 가수 실물을 처음 보고 설렌 마음에 하루 종일 실실 웃는다.

"우산이 없어요?"

다음날 친구가 보내온 사진과 영상을 보니 내 가수는 우산이 없냐고 물었고, 넋 놓고 긴장한 채 어딘가를 주시하는 보라색 우비 소녀는 열여섯 소녀 팬이 아니라 마흔일곱 처음 덕질에 만개한 '나'였다.

"이건 모두 나잖아!"

윌리엄 스타이그 글·그림, 조은수 옮김, 《슈렉!》, 비룡소, 2001

내가 제일 잘나가!

구경순

남편 회사에는 성과 보너스 여행이 있다. 부부가 함께 해외 휴양지에 간다. 물이 너무 무서운 나는 매번 바닷가나 수영장에서 발만 담갔다. 쉰 살이 된 해에는 4월에 출발한다고 해서 2월부터 수영을 시작했다. 그 뒤 웬만하면 빠지지 않고 6년째 아침 수영을 한다.

구민체육센터 수영장에 신입은 나까지 셋이다. 둘은 젊고 예쁘다. 코치는 예쁜 여자에게만 잘하면 티 나니까 나한테도 친절했다. 아들은 남자가 젊고 예쁜 여자에게 잘하는 건 당연하다고 한다.

수영장에서 우리는 '회원님'이다. 남녀노소 상관없다. 새로 들어온 코치가 어떤 회원을 부른다.

"어머님! 어머님!"

다른 회원이 코치에게 다가가 조용히 일러준다.

"선생님, 저분 미혼이에요. 결혼하지 않았어요."

수영장 복장 규정은 수영 모자에 장식 없는 수영복이다. 그런데도 나이와 외모가 구분된다.

나는 예쁘지 않다. 아주 못생기지도 않았다. 잘생긴 남동생보다 안 예쁜 내게 건네는 자존감 회복 멘트다. 몸피는 큰 편이다. 타고난 덩치는 어쩔 수 없으니 내버려둔다. 그런 내가 딱 붙는 수영 모자 쓰고 원피스 수영복 입고 수영을 한다. 날마다 연습하고 또 연습한다. 오지랖 넓은 훈수도 듣는다. 수영이 재미있으니 문제없다.

"수영 선수 같아!"

경력 수십 년 회원들이 다가온다. 젊은 회원들도 거든다.

"진짜 수영 잘하세요."

당당하게 수영장 문을 열고 걸어 들어간다. 어깨 쫙 펴고, 허리 꼿꼿이 세우고, 씩씩하게, 주문을 건다. 내가 제일 잘나가!

"언제나 이래 왔단다. 자리에 앉아 있는 것만으로도 만족해야지."

윌리엄 밀러 글, 존 워드 그림, 박찬석 옮김,《사라, 버스를 타다》, 사계절, 2004

우산 쓴 휠체어

전영선

몇 년 전, 시내버스가 정류장에 멈췄다. 치이익. 운전기사가 안전벨트를 풀더니 차 밖으로 내렸다. 정류장에 휠체어 장애인이 있었다.

"이 버스 타실 거예요?"

"네."

운전기사는 뒷문을 열고 경사판을 내렸다. 저상 버스를 자주 타지만 처음 보는 모습이라서 눈을 떼지 못했다. 운전기사는 교통 약자 전용석에 앉은 중년 남성에게 양해를 구하고 의자를 접어 벽 쪽으로 세웠다. 휠체어가 천천히 버스에 오르고 방향을 돌려 교통 약자 전용석에 자리를 잡자, 바퀴 고정 상태를 확인한 운전기사는 경사판을 접고 운전석으로 돌아갔다.

4~5분이 걸렸다. 수업 시간에 맞춰 가려면 시간이 빠듯한 나는 속으로 계속 외쳤다. '빨리!' 모든 사람을 위한 대중교통인데 왜 이런 불편함을 감수해야 하나 싶었다. 버스에 탄 열 명 남짓한 사람들은 모두 아무 말이 없었다.

몇 달 전, '빵그 열린 그림책 토론'에 온 안준희 회원이 1층에서 기다린다는 연락을 받았다. 시간이 넉넉해 여유 있게 걷던 나는 급하게 발걸음을 옮겼다. 아는 사람이 올 때까지 1층에서 기다리던 안 회원을 부축해 2층으로 올라갔다. 무거운 전동 휠체어는 문 앞에 뒀다. 모임이 끝난 시간에는 비가 내렸다. 비 맞은 휠체어를 닦고 우산을 씌웠다.

가고 싶은 곳에 마음대로 갈 수 없는 마음을 나는 모른다. 우산 쓴 휠체어의 심정도 알 길이 없다. '여기에 내가 들어갈 수 있을까' 하고 생각해야만 하는 삶을 가늠할 수 없다. 다만 저상 버스에 만든 넓은 전용석은 주인이 따로 있다는 사실은 안다.

책에는 귀중한 지식과 이야기와 인생과 역사가 빼곡이 들어 있단다.

이세 히데코 글·그림, 김정화 옮김, 《나의 릴리외르 아저씨》, 2007, 청어람미디어

나의 릴리외르 언니들

윤혜린

'혜린이, '언니야' 소리가 귓가에 맴돈다.' 보경 언니가 문자를 보냈다. '변치 않고 내 곁에 있어주는 소중한 동생. 먼길 마다않고 달려와줘서 너무 고마웠어.' '언니야, 얼굴 보니 너무너무 좋더라.'

7년 만에 만난 보경 언니는 나침반 같다. 연락이 닿지 않을 때도 내 마음 한구석에 살았고, 언제 만나도 어제 만난 듯 낯설지 않으리라 확신할 만큼 가슴 따뜻해지는 사람이다. 코로나 사태를 뚫고 상하이에서 들어왔는데, 마곡에서 역삼이 뭐가 멀다고 거듭 고맙다고 하니 평소에 연락도 안 하는 무심한 내가 무안할 정도다.

"이 성경책 겉표지 좀 어떻게 해봐."

"이게 뭐야?"

부산에서 올라온 소영 언니가 낡은 책을 집어 들었다.

"혜린이, 니가 준 거. 내가 처음 받은 성경책. 닳고 닳아 겉표지 빨간 레자 가루가 떨어져서 냅킨 아트로 한 번 쌌는데, 또 이렇게 너덜너덜해졌어."

"이게 아직도 있어?"

"안 되면 제본하는 데 맡기려구. 너 보여주려고 들고 왔다."

맥아리 없이 흐물흐물한 표지가 더 붙이거나 쌀 수도 없을 만큼 얇아졌다. 첫 장에는 책을 받은 2010년 6월과 나랑 헤어진 2013년 1월이라는 날짜가 적혀 있었다. 후루룩 넘긴 책장 사이사이 단정한 글씨로 빼곡하게 적힌 글씨에서 내가 알던 언니 모습을 고스란히 느낄 수 있었다. 손때 묻은 책을 보며 희뿌연 추억 한 줌이 떠올랐다. 많은 것을 알고 세상을 다 품을 만큼 마음 넓은 언니들이지만 동생인 나에게 늘 겸손하다. '혜린이 멋지게 살아가는 모습 여전히 이쁘다'고 응원하는 나의 틀리외르 같은 멘토들이다.

십칠 년 동안 아파서 쉬는 날은 없다.
실수도 안 한다.
톡 톡 톡!

손 탠 글·그림, 김경연 옮김,《매미》, 풀빛, 2019

텅 비어버린
이라일라

맴맴매엠맴, 쌔앵쌔앵, 치르르르.

몇 주째 하루 종일 비가 내린다. 빗소리가 잦아들면 매미 소리가 어김없이 높아진다. 쉼 없는 여름 소리가 끝을 향해 갈 때쯤이면 매미를 주우러 다닌다. 가슴 가운데가 갈라져 성충이 빠져나가고 남은 빈껍데기 말이다. 거친 나무줄기에 여전히 살아 있는 듯 매달린 놈, 나무 아래로 굴러다니는 녀석도 바스러지지 않게 조심조심 줍는다. 창문틀에 열 마리 정도 나란히 줄을 세운다.

'너무 울어 텅 비어버렸는가. 이 매미 허물은.'

연필로 하이쿠를 써서 옆에 붙인다. 가을을 준비하는 인테리어다. 파란 하늘이 점점 높아지면 인테리어도 더 잘 완성된다.

사실 이 매미들은 오래전 좋아하던 선배가 작업실에 둔 장식이었다. 처음에는 단체 소풍 나온 바퀴벌레인 줄 알고 나자빠질 뻔했지만, 이제 내가 그대로 따라하게 됐다. 회사라는 곳에, 냉정한 사회라고 부르는 그곳에 영 적응이 되지 않아 눈물 마를 날 없던 사회 초년생 시절에 너무 울어 텅 비어버린 듯한 매미 허물에서 나를 봤다. 언제쯤 눈물이 멈출까. 무겁게 자리잡은 아픔이 사라질까. 밖으로 드러내지 못해 슬픔으로 변한 분노가 비워질까. 울자, 텅 비어버릴 때까지 실컷 울어보자. 싸우듯 한바탕 울고 나면 나약한 나를 몹시도 부끄러워하고 탓했다. 뒤늦은 사춘기는 그렇게 20대까지 이어졌다.

매미는 십수 년을 진흙 속에 있다가 성충이 된다는데, 내게도 비슷한 시간이 흘렀다. 그동안 제대로 된 어른처럼 살라고 매일 자기에게 혼나던 아이는 이제 제대로 됐을까. 분명한 건 그때나 지금이나 텅 비어버린 매미 허물에서 나를 마주하는 일뿐이다. 이제 눈물은 안 나온다. 마음이 그냥 가볍다. 텅 비어버린 매미처럼.

4
—
시계를 되돌리고 싶을 때가 있겠지

아기 고양이가 쓰러져 있었어요.

조원희 글·그림, 《콰앙!》, 시공주니어, 2017

———

하루

강정미

하연아, 정말 힘들면 시계를 되돌리고 싶을 때가 있겠지. 엄마는 바로 그날이야. 하루가 무지개다리를 건넌 날. 네가 밤새워 목놓아 울던 날. 너와 나 사이에 깊은 골짜기가 패인 그날.

초등 6학년 너는 샴고양이 버찌를 데려왔지. 함박눈 폴폴 날리는 크리스마스이브였지. 고양이는 영물이라며 할아버지랑 할머니는 말리셨어. 못 이기는 척 허락하면서도 썩 내키지는 않았어. 버찌를 처음 본 날, 도도하면서도 신비로운 그 눈에 반해 3년을 함께 지냈지.

버찌는 새끼를 다섯 마리 낳았어. 머루, 마루, 모루, 나루, 하루. 중학교 3학년인 네가 새끼를 받았지. 가장 허약하게 태어난 하루는 새끼손가락만 했지. 동물 병원에서도 며칠 못 산다고 했어. 그래도 입원시키자는 네 간절함은 내 마음에 안 와 닿았어. 굳이 병원비를 쓰고 싶지 않았겠지. 엄마라는 이름으로 휘두른 폭력이었어. 손수 받은 작은 생명체가 스러진다는데, 너는 얼마나 두려웠을까.

우리는 고양이용 우유만 조금씩 먹이면서 하루의 생명을 하루하루 연장시켰어. 그날따라 학원에 가던 너는 하루를 잘 지켜봐달라고 신신당부를 하더라. 미리 알았을까. 나도 눈앞에 있어야 안심될 거 같아 하루를 거실 테이블 위에 데려다놓았지. 왜 그랬을까. 너는 내가 좋아하지도 않는 개그 프로그램을 보면서 웃고 있었다고 했어. 하루가 몸을 뒤척이다가 바닥에 떨어진 줄도 모르고. 왜 그랬을까. 나는 몰랐어. 비명소리에 깜짝 놀라 고개를 드니 너는 눈물이 그렁그렁했고, 네 손 위에 놓인 하루는 이미 무지개다리를 건넌 뒤였어.

"어떻게 엄마는 텔레비전 보면서 웃고 있어? 하루가 죽는 그 순간에? 바로 옆에서!"

오늘도 무릎 꿇고 두 손을 모은다. 하연아, 하루야, 미안하다.

그 이야기의 시작은 1948년 7월의 어느 장날부터다.

권정생 지음, 김환영 그림, 《빼떼기》, 창비, 2017

———

우리 쫑이

최숙자

순진이네에 빼떼기가 있다면 나한테는 '쫑'이 있다. 쫑은 1973년, 초
등학교 1학년 때 집에서 기르던 개다. 회색이 띄엄띄엄 섞인 하얗고
빳빳한 털, 털 속 벼룩, 동그란 코, 검은 눈. 올라타려고 뒤에서 안으
면 부들부들하고 미끌미끌한 등뼈가 느껴져 살짝 무섭지만 애써 떨
쳐냈다. '우리 쫑이잖아.' 쫑이 죽은 날 밥상은 무겁고 침울했다.

"어느 날 강아지 한 마리를 얻어왔는디, 똥개여. 근디 이 강아지가
클수록 사람 맹겨. 마루로 올라와서, 이거 한번 먹어봐라 하고 일부
러 먹을 걸 마루에다 놓으면 절대 안 먹어. 생선을 놓고 모르는 체혀
도 안 먹어. 어쩐가 보자고 부엌으로 들어오래도 안 들어오고. 어찌
나 빼꼼히 뭘 아는지. 글고 어디 장에라도 갔다 오면 어찌 그리 반갑
게 맞이하는지 꼭 사람 같았당게."

"근디 쫑은 왜 죽었대?"

"우리가 쫑을 하도 잘 키웅게 이웃 마을에서 강아지 한 마리 더 키
워보라고 하드라. 이름이 도사여. 도사를 집으로 데려옹게, 글쎄 쫑
이 마음이 상했는지 집을 나가더라고. 나가서는 대문 밖을 빙빙 돌
며 안 들어와. 배고플 팅게 얼릉 들어와 밥 먹어라고 그렇게 얘기혀
도 안 들어오더라고. 근디 도사가 못 쓰겄더라고. 아무나 막 물고 짖
어싸. 그래서 그 집에 도로 갖다가 줘버렸지. 그랬더니 쫑이 들어오
데. 아, 그러고는 얼마 안 지나서 쫑이 안 보여. 영영. 한참을 찾다가
그만뒀는디, 다음해 헛간 치우다 보니께, 아이고, 헛간 기둥 위에 올
라가 죽어 있더라고. 내려서 헛간 바닥에 묻어주고 그걸로 끝이제.
그다음부터는 목숨 있는 건 안 키운다. 절대로."

엄마 나이 아흔 다섯. 시골에서 홀로 사는 게 마음에 걸려 강아지
라도 키우라 하니 절레절레 고개를 저으신다. 우리 쫑이, 보고 싶다.

삐악삐악! 삐악삐악!
모두모두 똑같이 산책을 하고
삐악삐악! 삐악삐악!
모두모두 똑같이 낮잠을 자요.

진경과 진주 지음,《멋진 닭이 될 거야!》, 이야기꽃, 2019

동물 가족사진
이라일라

좋아하는 옛날 사진이 있다. 나무판을 듬성듬성 못질해 만든 사과 상자 위에 아직 다 크지 않아 몸이 새하얗고 볏은 새빨간 청소년 닭과 흰색과 검은색 점박이 고양이가 앉아 있다. 둘은 눈을 반쯤 감고 나란히 오후 햇볕을 만끽하고 있다. 오빠가 아홉 살, 내가 일곱 살.

오빠는 교문 앞에서 한 마리 100원에 파는 병아리를 그냥 지나치지 못했다. 불량 식품 살 돈을 아껴서 삐삐거리는 노랑이를 한두 마리씩 데려왔다. 얼마나 허약한지 사흘을 살지 못했다. 잘 때 몸부림을 심하게 치는 오빠 몸에 깔려 어이없게 죽은 녀석도 있었다. 우리는 병아리 때문에 날마다 울고불고했다.

할머니가 특단의 조치를 내렸다. 병아리 30마리 구입. 우리는 정말로 신이 나서 펄펄 뛰었다. 삐악삐악 소리는 세상에서 가장 아름다운 멜로디였다. 병아리 간식을 줄 때가 가장 기뻤다. 엄마가 밥풀을 열 손가락 끝에 하나씩 붙여주면 둘이 손을 활짝 펼치고 베란다로 병아리를 만나러 갔다. 밥풀을 콕콕 집어먹는 병아리의 작은 부리가 손끝에 닿는 느낌이 그렇게 뿌듯할 수가 없었다.

그 병아리들도 하나둘 죽어갔다. 그러나 꿋꿋하게 살아남은 하나가 있었으니, 바로 사진 속 닭이다. 남다른 생명력처럼 성격도 자랄수록 보통이 아니었다. 제법 자란 날개를 한껏 퍼덕거리며 같이 사는 고양이를 쫓고 쪼아댔다. 할머니는 우리를 혼낼 때 쓰는 빗자루로 닭을 고양이한테서 떼어놓고는 혀를 끌끌 차셨다.

"고양이가 닭을 쫓아야지, 어째 닭이 고양이를 저리 쫓을꼬."

오후 햇살에 그림자가 길게 드리우면 둘은 닭장 위에 사이좋게 앉아 꼬박꼬박 졸았다. 우리는 마루에 엎드려 베란다 풍경을 오래 지켜봤다. 이제 이름은 기억나지 않는 어릴 적 동물 가족들이다.

"우리 집엔 새끼소 한 마리가 났어—"

"내 동생야—"

"너두 좋니—"

이주홍 글, 김동성 그림, 《메아리》, 길벗어린이, 2001

시골집은 동물농장

김숙자

갓 낳은 달걀과 닭, 연분홍빛 고운 돼지, 곰처럼 커서 이름이 곰인 개, 이모부가 학비 마련하라고 선물한 흑염소, 쥐 잡아먹는 모습을 보기 전까지 종종 안고 자던 고양이, 천장에서 달리기 시합을 하던 불청객 쥐들, 그리고 소. 집에서 함께 산 동물들이다.

뒷발질이 무서워 가까이 가지는 못했지만, 나는 소가 좋았다. 내가 소띠라서 더 그랬다. 해가 한낮을 넘기고 바람이 살랑거리면 소 풀 먹이러 둑길로 간다. 고삐에 줄은 어머니에게만 맨다. 언니가 줄을 잡고 등 위에 얹어 당기면 소는 속도를 늦추고 방향도 바꾼다. 송아지가 안 보이면 어미가 '음모어' 부른다. 개구쟁이 녀석은 메아리처럼 '음매에' 대답하고는 쏜살같이 달려와 어미 주변을 겅중겅중 뛴다.

솟값이 폭락해 소가 열 마리를 넘긴 적이 있었다. 외양간은 너무 작고 풀과 사료를 감당할 수 없어 산속에 풀어 키웠다. 아버지는 봉지에 막장을 담아 나무에 걸어두고 산속 샘에서 물을 먹였다. 어느 날 갑작스레 폭우가 내리고 천둥 번개가 쳐서 산속에 풀어놓은 소들을 걱정하고 있을 때였다. 전쟁이라도 난 듯 '두두두두' 소리가 들렸다. 어미가 이끄는 소떼였다. 한 발만 잘못 디뎌도 낭떠러지인 비탈길을 거센 비를 뚫고 30분이나 어떻게 달려왔을까?

지독히 추운 어느 날 밤이다. 아버지도 엄마도 분주하다. 소가 계속 운다. 새끼를 낳으려 한다. 사람들이 잠든 뒤 낳으면 큰일이다. 아버지와 엄마는 밤새 번갈아 외양간을 지킨다.

"엄마, 엄마!"

아침에 외양간에 달려가니 엄마젖 먹으려고 겨우 무릎을 세우는 송아지가 있었다. 어미의 눈은 축축하게 젖어 있었다.

보도 할머니는 소포를 열어 보고
꺅 비명을 지르고 말았어.
할머니의 아들이 생일 선물로 뱀을 보냈지 뭐야.

토미 웅게러 글·그림, 장미란 옮김,《크릭터》, 시공사, 1999

이런 사무실 반려생물

이라일라

사무실이란 곳은 왠지 건조하고 삭막했다. 책상에는 뭐든 생명 있는 것을 뒀다. 동료가 취향이 맞으면 같이 식물을 들였고, 열대어를 분양받은 적도 있었다. 가장 특이한 사무실 반려생물은 누에였다.

아들이랑 곤충 키우기를 좋아하는 예전 회사 선배가 택배를 보내왔다. 노란 좁쌀 같은 누에알이 족히 수백 개는 됐다. '한번 길러봐. 엄청 재밌다. 그리고 알은 온도가 맞아야 부화하는 거 알지? 전기방석 있어?' 전기방석에 올려서 부화 온도를 맞추라는 문자였다. '키우고 싶은 마음도 없는데 온도는 무슨.' 버릴 수는 없어서 알이 담긴 샬레를 컴퓨터 본체 위에 뒀다. 전기방석은 아니지만 업무 중에는 뜨거워질 테지. 안 깨어나도 상관없었다.

2주도 더 지났을까, 문득 생각이 나 샬레를 꺼냈다. 수백 마리가 다 깨어나 있었다. 까만 개미떼처럼 샬레를 온통 뒤덮고 있었다. 생명은 이미 시작됐다. 큰 통에 옮기고 뽕잎 사료를 주니 거의 7센티미터까지 무럭무럭 자라났다. 몸이 저절로 터져서 죽는 일이 많아 다 커 애벌레가 된 아이는 20마리도 채 되지 않았다. 대학생 인턴 사이에서 내 인기가 폭발했다. 아침마다 자리가 북적였다. 달걀판 칸마다 누에를 하나씩 넣어 자기들이 기르기 시작했다. 안내문도 적었다. '쉿. 누에들이 자고 있어요.' 손바닥 위에 누에를 올리고 밥 먹는 모습을 지켜보면 좋기는 했다. 하얗고 투명해서 소화되는 밥이 다 보이는데, 예뻤다. 고치에서 나방까지 책에서 보던 누에의 한살이를 다 겪었다. 북실북실 하얀 털 누에나방은 태어나자마자 짝짓기를 해 노란 좁쌀 같은 알을 낳았다. 복사지 두 장 위에서 벌어진 일이었다.

선배 말이 맞았다. 예쁜지 몰랐어도 예쁘구나. 내 반려 누에랑은 작별했지만, 알은 고이 싸서 서랍에 넣었다. 내년에 또 만나자.

마일즈는 자동차를 타고 언덕을 올라 카페에 가는 걸
진짜 좋아했어요.

존 버닝햄 글·그림, 이상희 옮김, 《마일즈의 씽씽 자동차》, 비룡소, 2016

—

굿 모닝, 왓슨

임정은

"사모님, 지하 주차장에 왔습니다."

최고가를 제시한 중고차 딜러는 앱으로 약속한 시간 5분 전에 도착했다. 스마트 키를 달라더니 밝은 곳으로 차를 옮겼다. 시동 켜서 엔진 소리 듣고, 보닛 열어 엔진 살피고, 운전석 앉아 옵션 점검하고, 조수석과 뒷자리에 범퍼도 돌아본다. 몇 년 전 주차장에서 후진하다 콕 찍힌 왼쪽 뒤 범퍼가 내 눈에도 크게 들어온다.

"뒤 범퍼보다 문제가 되는 게, 지금 차가 엔진이 너무 약해요. 사장님, 이거 보이시죠? 시동 켜놓은 상태에서 아르피엠 계속 떨어지는 거요. 이게 점화 플러그 문제일 수도 있고, 저희가 하나하나 다 체크를 해야 하는데, 그러면 못해도 개당 이십씩은 잡거든요."

나를 제치고 남편한테 어쩌고저쩌고한다. 최고 견적가 569만 원에서 좀 깎이겠지 생각은 했지만 120여 만 원을 후려칠 줄은 몰랐다. 똑같은 과정을 반복하고 싶지 않았다. 보내기로 했으니 보내자.

"그러면 사장님, 사백팔십만 맞춰주세요."

2016년 3월 부천 중고차 매장에서 산 올뉴모닝.

"현배야, 엄마 차 생겼잖아. 이름 뭘로 할까?"

"왓슨."

너, 왓슨? 나, 셜록! 우리 둘은 생협 블로그 기자단으로 생산지를 취재했고, 첫째 고등학교 3년간 밤마다 사교육 1번지를 왕복했다. 투표 독려 하느라 형광색 가발 쓰고 태극기 휘날리는 '애국 시민'을 태운 왓슨 사진도 여기저기 큼지막하게 실렸다. 통일 되면 둘만 가는 유럽 여행도 꿈꿨는데……. 코로나19로 항공사 다니던 남편이 실직하고 기후 위기에 한 집에 차 두 대는 미안한 일이라 왓슨을 보내기로 했다. 너랑 함께한 모닝은 언제나 굿 모닝이었어. 잘 가, 왓슨.

"착하지? 여기서 기다려.
곧 데리러 올게……"

박정섭 글·그림, 《검은 강아지》, 웅진주니어, 2018

아빠를 기다립니다
이라일라

"우리 달님이 보고 싶다."

강아지 타령이 또 시작이다. 밖에 나갔다 와 바지를 벗어놓으면 달님이가 그 위에 앉아 꼼짝도 안 했다며 눈물까지 찍어낸다. 달님이는 남편이 학생 때 어느 비오는 날 만난 유기견이다. 지금은 무지개다리를 건넜다. 혼신의 연기에도 강아지 입양은 반대다. 둘 다 집을 비우는 시간이 얼마나 긴데, 강아지 혼자 어떻게 지낸다는 건지.

어느 날 점심, 남편이 전화를 걸었다. "강아지 진짜 데려가면 안 돼?" 왠지 싸하다. 그날 퇴근한 남편은 등을 보인 채 조신하게 현관에 들어섰다. 어깨 뒤로 웬 둥글고 흰 솜이 붙어 있다. 설마! 인상 쓰며 소리를 쳤지만, 금세 나도 모르게 입꼬리가 올라갔다. 눈송이처럼 작고 동글동글하던 강아지는 어느덧 여섯 살이 됐다.

대책 없는 남자는 자기가 데려온, 눈에 넣어도 안 아플 송이를 두고 밖으로 나돈다. 1년에 절반을 외국에 나가기도 한다.

"글로벌이라는 말을 요즘 누가 해, 세계가 다 내 나라지."

아빠가 출장이 길어질수록 송이의 일상은 아빠 찾아 삼만 리가 된다. 산책 때 까만 자동차를 보거나 아빠랑 같이 들른 카페 앞에 가면 일단 멈춘다. 지나가는 남자들도 모두 스캔한다. 캡모자 쓰고 청바지 입은 남자, 반바지 입고 종아리가 유난히 굵은 남자, 턱수염 잔뜩 나고 몸에 털 많은 남자. 따라가려는 남자들은 공통점이 있다. 송이 눈에 비치는 아빠 모습이 저렇구나 싶다.

송이는 오늘도 카페 앞에서 아빠를 기다리면서 산책을 대신한다. 나도 옆에 앉아 함께 기다린다. 지금쯤 지구 반대편에서 빅맥이나 주문하고 있을 남편에게 메시지를 보낸다.

'빨리 와라. 송이가 아빠 찾기 시작했다.'

"네 곁에 있어도 괜찮겠니?"

사노 요코 글·그림, 김난주 옮김, 《100만 번 산 고양이》, 비룡소, 2017

―――

나무야, 사랑만 하면서 살아
황동옥

횡단보도에서 신호를 기다리다가 뿌리채 뽑히는 나무 한 그루를 봤다. 20년은 넘은 듯한 아름드리가 포클레인에 매달려 대롱거렸다. 내 결혼 생활도 그렇게 송두리째 사라졌다.

그날 새벽을 잊지 못한다. 3년이 지났지만 어제 일 같다. 남편은 결혼한 지 9년째 되는 가을에 자살을 시도했다. 다시 찾아온 불면증과 우울증 때문에 유령처럼 집 안을 서성거렸다. 신경 안정제도, 수면제도 소용없었다. 입원 두 번과 템플스테이도 브레이크가 되지 못했다. 두 번째 정신병원에 다녀온 뒤 남편은 일주일 내내 잠도 안 자고 거실을 서성거렸다. 가족들은 예감했다. 모두 일주일 동안 한숨도 못 잤다.

2017년 6월 30일 새벽 2시, 남편은 내 옆에 누워 말했다.

"이제 나는 틀렸어."

"이제 고향에 돌아가서 어머니께 효도하며 사셔요."

"당신은 잘살 거야."

남편은 나를 죽이려고 갖은 시도를 했다. 결국 부엌칼로 나를 찔렀다. 오른손 손바닥에 가로로 긴 상처가 남았다. 그 칼로 남편은 제 배를 길게 갈랐다. 목숨은 건졌다. 아이들이 도와주지 않았다면, 살려는 의지마저 놓았다면, 나는 이미 이 세상에 없는 사람이 됐다. 찬바람 부는 가을이 오면 오른손에 남은 상처가 자기를 봐달라는 듯 자꾸 당긴다.

나무는 아팠을까. 쓰다듬는 손길과 걷어차는 발길에 기쁘기도 하고 슬프기도 했겠지. 나무를 보면서 기도한다. 나무야, 이제 사랑만 받으며 살아. 나무야, 사랑만 하면서 살아.

편하게 지내렴. 이제 우리 둘의 집이야.

마리안느 뒤비크 글·그림, 임나무 옮김, 《사자와 작은 새》, 고래뱃속, 2015

작은 새 꺅꺅이

이라일라

깍깍이, 남편이 데려온 새로운 동거자. 강아지든 고양이든 금붕어든 기회만 닿으면 집에 들인 동거자 목록에서도 특별하다. 야생의 어린 까치였으니까. 남편은 고양이 입에 막 들어갈 참이었다며 경비 아저씨하고 함께 벌인 긴박한 작전 상황을 재현하고는 내 도끼눈을 슬그머니 피한다. 아무래도 자연 섭리에 맞게 둬야 하지 않았을까. 동물구조센터며 구청에 전화했지만 까치는 해로운 새로 분류돼 아무것도 해줄 게 없다는 말뿐이었다.

어떡하나, 작은 새도 사람 둘도 벽 구석에 코 박은 채 하루를 보냈다. 다음날부터 우리들의 동거가 시작됐다. 동네 동물병원에 갔는데, 이름이 필요했다. 접수증을 앞에 두고 나는 깍깍이, 남편은 영어로 제인이라 했다. 무슨 이름이 그러냐고 양보 없이 투닥거리는 우리를 보고 간호사가 지혜를 냈다. '반려동물 이름: 깍깍이(JANE).'

작은 몸을 가늘게 떨던 어린 새는 하루하루 지날수록 어째 뻔뻔해졌다. 온 집 안을 날아다니며 똥을 싸댔고, 내 어깨에서 긴 시간을 보내는 바람에 하루에도 몇 번씩 옷을 갈아입어야 했다. 멀리 마트까지 가서 싱싱한 밀웜을 사 대령했으며, 참외도 깎자마자 고 쪼그마한 입으로 쏙 들어갔다. 오후에는 아파트 복도 산책을 즐겼다.

"깍깍이, 이제 들어오세요."

내 말소리를 들으면 톡톡톡 발소리를 내면서 냉큼 달려왔다.

비 오던 어느 새벽, 쇼크를 일으켜 동물병원에 간 날이 마지막이었다. 포도당을 조금 먹이고 돌아오는 길에 작은 새는 남편 어깨와 내 어깨 사이에서 날아 앉기를 반복했다. '아빠랑도 같이 있고 싶고 엄마랑도 같이 있고 싶어' 하듯. 그래, 언제나 너랑 같이 있을게. 사랑하는 우리 아기 새.

너의 마음은 하늘과 같아. 구름 한 점 없이 맑고 푸른 하늘 말이야.

브론웬 발라드 글, 로라 칼린 그림, 이재석 옮김, 《너의 마음은 하늘과 같아》, 뜨인돌, 2019

———

하늘 타령

임정은

고3 때 같은 반 정임이는 쉬는 시간이면 복도에서 하늘 타령을 했다.

"오늘은 하늘이 푸르고 너무 좋다. 가슴이 탁 트이는 것 같아."

"구름이 하늘을 다 가렸네. 답답하다. 숨이 잘 안 쉬어져."

학교가 8차선 대로변이라 복도 쪽에는 높다랗고 삭막한 소음 방지벽뿐이었다. 손바닥만 한 하늘을 보고 날마다 품평하는 정임이를 그때는 이해할 수 없었다. 나보다 키도 크고 훨씬 성숙해 보이는 정임이는 감수성이 참 풍부하네, 이렇게만 생각했다.

결혼해서 줄곧 아파트 2층 높이에 살다가 4년 전에 12층으로 이사했다. 단지 안쪽이라 '뷰'가 좋다고 할 수 없지만 발바닥 간질간질하게 아래를 내려다볼 때는 기분이 묘하다. 하늘이 좀더 가까워져서 그런지 날씨와 대기질 같은 데 민감해졌다. 10여 킬로미터 떨어진 부천까지 보이기도 하는데, 이런 날은 1년에 하루이틀뿐이다. 미세 먼지가 가득 낀 날 아침에 학교 가는 아들을 내려다보고 있으면 우울했다. 매캐하고 따끔거리는 대기를 보고는 에스에프 영화에 나온 디스토피아가 떠올랐다. 올해 초까지 출장으로 중국과 한국을 왔다갔다하던 남편은 서울에 오면 비염이 심해져 알레르기 약을 먹었다.

"중국도 그렇게 좋지는 않은데, 나는 왜 서울이 더 심한 것 같냐."

코로나19 덕분에 인간의 활동량이 줄면서 전보다는 푸른 하늘을 자주 본다. 태풍이 휩쓸고 간 뒤 찾아온 밝고 맑은 하늘은 선물 같았다. 스마트폰으로 찍어 에스엔에스에 올렸다. 비 오면 물꼬 트고 바람 불면 고춧대 묶는 감각은 도시인인 내게 없었다. 이 와중에 며칠 하늘이 맑다고 좋아하는 내가 아직 철이 없는 듯도 하다. 마스크 쓴 채 살아가는 어린이들에게 미안해해야 한다. 기후 위기라니, 마음이 급하다.

내 생일은 언제 와요?
생일 파티는 어디서 해요?
몇 밤을 자면 생일이 올까요?

줄리 폴리아노 지음, 크리스티안 로빈슨 그림, 정화진 옮김, 《내 생일은 언제 와요?》, 미디어
창비, 2017

―――

가끔은 생일 두 번
변영이

사진 한 장을 에스엔에스에 올렸다. 1982년, 아홉 살 생일 주인공이 한복 입고 병풍 앞에 앉아 있다. 친구랑 동생들이 옹기종기 모여 있다. 하얀 전지를 간 상 위에는 케이크, 떡, 과일, 닭, 생일 선물, 종이돈이 보인다.

'지금 보니 부르주아일세. 딸내미 생일에 닭이 요이땅 하면 달려가게 생겼어. 이 파티 생각난다.' '세상에나. 요 사진 나한테도 있다. 요렇게 작았는데 다들 엄마들이 됐으니. 잠시나마 옛 추억에 잠겨본다. 영이가 젤 이쁜걸!'

돌상 같은 생일 사진이었다. 윤달에 태어난 큰딸, 처음 맞는 귀한 생일 제대로 챙기고 싶은 엄마 마음이 새겨진 인증 숏이었다. 필름을 현상해 친구들에게 나눠준 엄마를 떠올리니 짠했다.

2001년 두 번째 윤달 생일은 둘째를 임신해서 제대로 못 챙겼고, 2020년 세 번째 생일을 만났다. 군대 간 큰아들이 전화를 했다.

"엄마, 다음주에 생일이시죠? 미리 축하드려요" "다음주 아니야. 올해는 윤달이 있어서 다음달이야. 음력 4월 뒤에 윤달 4월이 있어." "엄마 헷갈려요. 양력으로 바꾸시면 안돼요?" "이 나이에 바꾸라고?"

아이들은 양력, 남편이랑 나는 음력이다. 올해는 윤달까지 있어 더 복잡해졌다. 며칠 뒤, 핸드폰에 알림이 떴다.

'당장 해줄 수 있는 게 없네^^ 50만 원 보냈으니까 너 위해서 써.'

퇴근하는 남편은 케이크도 들고 있었다.

"오늘 생일 아니라니까. 두 번 챙겨주려고요?"

"엄마, 오늘은 가짜 생일이야? 가끔 생일 두 번씩 하니까 좋겠다."

다음 윤달은 2058년, 38년 뒤에 온다. 그때까지 살아남아 네 번째 진짜 생일을 지내고, 혹시 우주여행도 다녀올 수 있으려나?

그래도 나 엄마가 좋아.
세상에서 최고로 좋아.

윤여림 글, 이미정 그림, 《오늘도 고마워》, 을파소, 2020

'때문에'와 '덕분에'
이라일라

"송이야. 엄마가 좋아, 아빠가 좋아?" 송이는 당연히 엄마를 더 좋아한다. 퇴근을 반기는 때만 빼면 아빠가 아무리 불러도 못 본 척하고 나만 쫓아다닌다. 나도 송이가 가장 좋다. 마음의 정도를 잴 수 있다면 날마다 조금씩 더 많이, 더 깊이 좋아진다.

송이가 처음 우리집에 온 때는 달랐다. 일이 너무 바빠 동동거릴 때였고, 늘 피곤해서 강아지 돌보기는 부담이 컸다. 강아지 때문에 일찍 일어나야 하고, 강아지 때문에 힘들어도 산책을 나가야 하고, 강아지 때문에 회사에서도 마음이 불편하고, 강아지 때문에 청소도 한 번 미룰 수 없고, 강아지 때문에 집에 냄새가 나고, 강아지 때문에 저녁 약속도 못 잡고, 강아지 때문에 야근도 못 하고, 강아지 때문에 옆집에 눈치가 보이고, 강아지 때문에……

강아지 때문에 온통 괴로웠다. 괴로움의 끝에는 송이를 허락 없이 데려온 남편이 있었다. '저 인간!' 원망과 미움으로 부르르 불타올랐다. 남편은 나 몰라라 바쁘고, 해야만 하는 일은 늘어났다. 송이도 남편도 짐이 됐다. 짜증의 쳇바퀴처럼 하루하루가 굴러갔다.

올해가 지나면 송이는 일곱 살이다. 거의 매일 2000번도 넘게 지겹게 산책을 했는데, 언제부터 산책길이 즐겁다. 송이 덕분이다.

"송이야, 엄마가 간다."

퇴근길도 종종걸음이 된다. 끝없이 날리는 털을 속속 잡아내는 청소의 신이 됐고, 함께 도시락 먹는 동료가 흰 털을 뱉어내면 송이 털이라고 태연히 말하는 경지에 올랐다. 산책길에서 송이 어머님 이제 나오셨냐고 인사하는 이웃들도 생겼다.

주말 아침, 우리는 온몸을 꼭 붙인 채 껴안고 있다. 나는 '음음', 송이는 '끄륵끄륵.' 우리가 함께 있다는 건 정말 좋은 일이다.

집에서도 계속 뿡가맨 생각만 나요.

엄마도 아빠도 동생도

뿡가맨이 얼마나 멋진지 아무도 몰라요.

윤지회 글·그림,《마음을 지켜라! 뿡가맨》, 보림, 2010

보고도 못 본 체

변영이

어린이집에 다니는 수혁이. 또 유캔도 뭐를 사달라고 졸라댄다. 친구들이 자랑한다며 갖고 싶어했다. 이야기를 들어도 어떤 물건인지 도통 모르겠고, 함께 마트에 갔다. 아이는 눈을 떼지 못하는데, 나는 그냥 무기처럼 보일 뿐이었다. 저런 걸 사달라고? 딱 잘라 안 된다 하고 나왔다. 아이 눈에 그렁그렁한 눈물을 못 본 체했다.

재수 학원에 다니는 수혁이, 또 일주일 휴원이란다. 겨우 익숙해졌는데 흐름 깨지면 어쩌나 자기도 걱정한다. 방콕하던 아이가 빛의 속도로 택배 상자를 들고 온다. 뭐냐고 물으니 신줏단지 모시듯 하면서 아무것도 아니란다. 더 물어보지 말라는 투라 궁금해도 참았다. 주말에 청소를 핑계 삼아 들어가니 책상 위에 못 보던 물건이 보인다. '알록달록 건담을 네 개씩이나 가지런히 올려놓았네. 수험생이 공부하는 책상에서 이딴 걸 조립한 거야. 이거 만드는 것처럼 몰입해서 공부할 생각을 해야. 이놈의 자식을 어쩌지.' 속에서 천불이 난다. 잔소리가 입에서 근질거린다. 머릿속에서 걱정이 꼬리를 문다. 레이저 나오듯 건담들을 째려보다가 눈 꼭 감고 못 본 체했다.

마트에 간 영이, 또 인형 코너에 눈이 머문다. 아이들 때문에 레고나 건담 코너를 자주 가지만 내 눈은 인형에 가 있다. '저런 것도 나왔어? 이쁘네.' 그 예쁜 아이들을 눈으로 스캔한다.

옆집 신발 가게 문경이는 냉장고가 예뻤고, 앞집 금성전파사 효정이는 식탁 세트를 자랑했다. 나는 덩그러니 미미 인형만 갖고 있었다. 셋이 모여 놀 때는 즐거운데, 집에 오면 미미가 앉아야 할 식탁과 냉장고가 눈에 아른거렸다. 엄마한테 사달라고 말 한 번 벙긋 안 했다. 아니 못했다. 나는 내 마음을 못 본 체했다.

이때부터 준치는 가시 많은 고기
꼬리에 더욱이 가시 많은 고기

백석 시, 김세현 그림, 《준치 가시》, 창비, 2006

박대가 어때서

임정은

"택배요." 현관에 스티로폼 상자가 하나 놓여 있다. 뚜껑을 여니 확 퍼지는 비린내. 신문지에 비닐로 겹겹이 싼 포장부터 감동이다. 굴비, 병어, 가자미, 갈치, 박대까지 생선 종합 선물 세트다. 크리스마스도 아닌데 선물 꾸러미를 안기는 산타클로스의 정체는?

"뭐 반찬 필요한 거 없냐? 생선 안 떨어졌니?"

엄마는 가끔 군산항 근처 어시장에서 생선을 사 부친다. 젊은 시절 외할머니는 달마다 제사가 돌아올 즈음이면 군산항에 가 리어카 가득 생선을 떼어왔다. 사방팔방에서 친척 이름표 달고 오는 군식구 수십 명을 거둬 먹이고 싸 보냈다. 동리에서 논마지기께나 자랑하던 외할아버지네는 일꾼도 많이 두고 배 안 곯고 쌀밥 먹는 집으로 소문나서 머슴밥이든 제삿밥이든 먹는 데 나눔의 정신을 많이 발휘했다. 손 큰 할머니를 보고 자란 엄마는 생선을 짝으로 산다. 같은 전라도 출신이지만 아빠는 생선을 즐기지 않는다. 남동생은 한 술 더 떠 생선 냄새부터 혐오한다. 남편도 냄새에 민감하고 비위가 약하다. 기름 둘러서 튀기듯 구운 박대를 내놓으면 고개를 휘휘 젓는다.

"난 그거 안 먹어. 생긴 게 징그러워."

함양 산골짜기 출신이라 물고기를 자주 못 먹기도 했겠지만, 그렇다고 장모가 보낸 귀한 박대를 박대할 이유는 없잖아. 꼬박꼬박 '장모님'이라고 거리 두기를 하는 게 듣기 싫어 '어머니'로 부르라고 결혼 초부터 졸랐건만, 자기 엄마를 두고 장모님한테 '어머니'라고 할 수 없다던 남편. 그럼 나도 '시어머니'로 부르겠다고 대들었지만 소용없었다. 그러던 사람이 얼마 전 우리 엄마한테 이랬다.

"어머니, 무김치 맛있네요."

20년 걸렸다. 박대를 덥석덥석 뜯어먹는 데는 몇 년이 걸리시려나.

바로 앞에
조용히 기다리고 있는 것이 있습니다
밝고 빛나던 모습으로
내가 바라던 그 모습으로

숀탠 글·그림, 김경연 옮김,《빨간 나무》, 풀빛, 2013

———

곡선이어서 다행이다
황동옥

많이 가벼워졌다. 어깨를 짓누르던 산이 사라졌다. 이제 우리 가족은 셋이다. 딸과 아들, 그리고 나. 딸은 세대주, 나는 동거인. 불평등에 분노한 어린 영혼은 열 살 무렵 우울증을 앓았다. 나는 딸의 절대적 지지자가 돼 때때로 터져 나오는 분노를 고스란히 받아 안았다.

딸은 5년째 피부병을 앓는 중이다. 통증과 가려움증이 따라오는 심인성 피부염은 마음의 병이다. 딸이 취직 시험을 준비할 때 남편은 우울증이 재발했다. 딸은 연수원에서 에스오에스를 보낼 정도로 고통스러워했다. 원인 불명의 호흡 곤란도 찾아왔다. 급기야 휴직도 했다. 항생제가 원인이라는 말에 약 먹기를 주저했다. 피부병은 더 심해졌다. 다시 우울증이 찾아왔다. 괴로워하는 딸을 보는 내 마음은 밧줄로 동여맨 듯 힘들다. 이 무한 반복은 끝이 있을까.

작년 봄, 제주도에 연수 가는 딸을 따라갔다. 산굼부리를 오르는데 비가 억수로 쏟아졌다. 굽이굽이 산길은 한 치 앞도 안 보였다. 팻말이 나오면 끝인 줄 알았다. 아니었다. 끝이 아니라 시작이었다.

"엄마, 너무 힘들어."

나지막한 말은 깊고도 무거웠다. 절벽 끝에 서서 멀리 아래를 내려다보는 딸, 남편을 꼭 빼닮은 딸이 내 가슴에 돌덩이가 돼 앉았다. 산이 떠난 자리에 바위가 앉은 걸까.

나는 3년째 장애인 주간보호센터에서 일한다. 이곳에서 삶과 사람을 향한 신뢰를 되찾았다. 장애가 아니라 사람을 봤다. 복지관 창문 너머, 연푸른 초록의 나무에 눈길이 절로 갔다. 나를 부르는 나무의 손짓 따라 아래를 보니 길이 나타났다. 아, 곡선이어서 다행이다. 삶은 곡선이어서 앞을 볼 수 없지. 직선으로 뻗은 길은 결말이 뻔한 드라마. 곡선이어서 다행이다. 한 치 앞도 안 보여서 안심이다.

음식 부스러기를 조금 주워 먹으려던 것뿐인데,
사람들은 알렉산더만 보면 비명을 지르며 빗자루를 들고 쫓아왔지.

레오 리오니 글·그림, 김난령 옮김, 《알렉산더와 장난감 쥐》, 시공주니어, 2019

라일라와 귀여운 쥐
이라일라

일곱 살, 친구에게도 엄마에게도 할머니에게도 말하지 않은 비밀이 하나 있었다. 나는 죽은 쥐를 가지고 놀았다. 우리집은 동네 언덕 비탈에 나란히 자리한 대문들 사이에 있었는데, 집집마다 득실대는 쥐가 골칫거리였다.

어느 집이건 고양이를 키웠다. 동네 할머니들은 모이기만 하면 고양이가 주인을 물고 도망갔다느니, 뼈만 남은 쥐를 보고 기겁했다느니 불평을 한참 늘어놓았다. 고양이 갖고 힘에 부쳤는지 고춧가루 섞은 소금 같은 분홍빛 쥐약이 집 안과 마당 곳곳에 놓여 있었다. 가끔 잘못 밟아서 운동화가 붙어버리던 끈끈이도 많았다. 엄마는 아침이면 죽은 쥐를 모아 까만 쓰레기봉투에 넣어 대문 앞에 뒀다.

가끔 밖에서 혼자 놀았다. 집에 들어갈 때 초인종을 안 누르려고 대문 열쇠도 주머니에 잘 챙겨 넣었다. 대문을 조용히 닫고는 쓰레기봉투를 연다. 약 먹고 죽어서 축 늘어진 쥐를 꺼내 장난감 기차에 태우고는 한 바퀴 여행을 시켜준다. 검지손가락으로 머리를 쓰다듬고 귀여운 꼬리를 슥슥 만지면서 대화도 나눈다. 눈을 감고 있어서 아쉬웠지만 회색빛 작은 몸집과 볼록한 배는 정말 귀여웠다. 고양이는 가까이 두거나 만질 수 있었지만 쥐는 언제나 쏜살같이 도망갔다. 쥐를 만지고 인사할 수 있는 방법은 이것뿐이었다.

엄마가 알면 크게 혼날 짓이라는 건 눈치로 알고 있었다. 그래서 죽은 쥐하고 떠나는 장난감 기차 여행은 아주 비밀스럽고 신속하게 진행됐다. 끝내 아무도 알지 못했다. 지금도 모르는 듯하다. 쥐가 얼마나 귀여운지를.

5
—
살 만하냐고 묻는 짓은 바보 같은 일일 거야

The Arrival

손 탠 지음, 《도착》, 사계절, 2008

———

친구에게

최숙자

지금 서울은 비가 와. 하늘은 계속 축축해. 그러다가 한 번씩 물 폭탄을 쏟아부어. 잠깐 비 그친 틈을 타 서울식물원에 갔어. 오른쪽 길은 야트막하게 경사가 졌어. 오늘처럼 비 온 뒤 흐린 날이나 석양의 잔영이 희미하게 남아 있을 때, 그 오르막을 오르면 땅의 경계선을 향해 걸어가는 듯해. 경계선 너머에는 무엇이 있을까. 작년 여름 우리는 브루클린 다리를 함께 건넜어. 다리 초입에 들어서던 너와 나는 동시에 탄성을 질렀어. 거대한 돌다리가 안개에 싸여 공중에 떠 있었거든. 아치형으로 뚫린 웅장한 교각, 양쪽으로 뻗어 엉킨 쇠줄들, 다리 건너편 저 멀리 숲속의 검은 나무들처럼 서 있는 맨해튼의 마천루들. 해질녘, 희부연한 안개 속 브루클린 다리는 현실의 다리가 아니었어. 환상 세계로 들어가는 입구였지. 자전거와 사람들이 쉴 새 없이 빨려 들어왔어. 이민자의 행렬처럼. 왼쪽으로 자유의 여신상도 있었지. 나는 여행 중이었고, 너는 떠나온 사람이었어. 그곳에서 어떻게 살고 있냐고, 살 만하냐고 묻는 짓은 바보 같은 일일 거야. 우리는 말없이 걸었어. 나는 여행 중인데도 떠나온 사람이 아니었고, 너는 도착했는데도 떠나온 사람이었어. 아무 기반도 없이, 아는 사람도 없이, 어떤 계획도 없이 왜 낯선 곳으로 가냐고 모두 말렸지. 그 나이 되도록 철이 안 들었다고, 아직 힘이 남아도냐고 빈정대기도 했어. 그런 결정, 이런 결정이 어디 있겠니? 다른 상황이 있을 뿐이지. 말없이 웃기만 하는 너를 보며 내 식대로 네 상황을 해석하지 않기로 했어. 환상의 브루클린 다리에는 현실의 걱정이나 두려움 따위는 존재하지 않았어. 너는 그곳에 남았고, 나는 너를 떠나왔어. 어디가 출발지이고 어디가 도착지일까? 이 여름, 저녁이 되면 나는 가끔 경계선 너머에도 길이 있는 식물원의 야트막한 오르막을 올라.

오늘, 얀은 주머니 속에 무얼 갖고 있을까?

이보나 흐미엘레프스카 지음, 이지원 옮김, 《주머니 속에 뭐가 있을까》, 사계절, 2015

그림책 여행

변영이

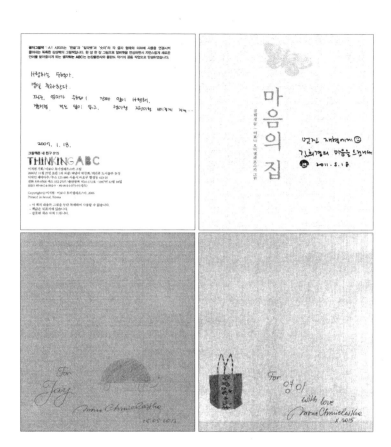

이보나 흐미엘레프스카 그림책을 모아서 보다가 내 글씨와 작가 사인을 찾았다. 아이들에게 뭔가 채워주려고 시작한 그림책 여행에서 가장 좋아하는 작가를 만났다. 첫째 이름으로 사인을 하고, 막내한테 그림을 그려주고, 내 이름을 한글로 써줬다. 이 작가가 좋다. 이렇게 흘러온 내가 좋다. 그림책 여행 하는 변영이가 좋다.

정말 털숭숭이가 우리를 냠냠 먹으려는 걸까요?
털숭숭이는 아무 짓도 하지 않았는데요.

이지은 글·그림, 《이파라파냐무냐무》, 사계절, 2020

———

침묵의 무게

오영민

소나기가 내렸다. 첫째 아이 방과 후 수업이 끝날 시간이 됐다. 하던 일을 멈추고 우산을 챙겨 집을 나섰다. 교문 앞에 한 아이가 비를 맞으며 서 있다. 이리저리 오가며 비를 피한다. 누구를 기다릴까. 몇 차례 눈이 마주친 뒤 안쓰러운 마음에 말을 건다. 우산을 가지고 오기로 했는데, 아직 안 온단다. 내 핸드폰을 건넸다. 아이가 엄마에게 전화를 건다. 첫째가 나와 자리를 뜨려는데, 아까 통화한 번호로 다시 전화가 왔다.

"아이, 아직 학교 앞인가요?"

"네, 아직 있어요."

그때 교문 앞에 있던 아이가 소리친다.

"아! 저기 온다."

고개를 돌리니 머리가 벗겨진 한 남자가 뛰어온다.

"아, 할아버지 지금 오시네요."

"……아빠예요."

아이는 1학년이라는데, 남자는 쉰 살은 넘어 보이는데, 대낮에 나오니까 할아버지라고 오해할 수도 있는데……. 집에 가는 길에 주저리주저리 푸념을 늘어놓지만 변명일 뿐이다. 급히 끊은 전화기를 주머니 속에서 매만진다.

얼마 전 그림책 토론 모임에서 작고 어린 주인공에 감정 이입해 평균보다 작은 체구로 살아오며 느낀 억울함을 토로한 나다. 가르치는 아이들이 뚱뚱하다고 놀린다며 울분을 쏟아내는 친구에게 격하게 공감한 나다.

집에 다 와간다. 첫째에게 뜬금없는 당부를 한다.

"뭐든 간에 외모로 판단하지 마!"

저런! 쏘피는 지금처럼 화난 적이 없었습니다.

몰리 뱅 글·그림, 이은화 옮김, 《쏘피가 화나면, 정말 정말 화나면》, 책읽는곰, 2013

무례한 사람 때문에 열 받고 모노드라마로 푸는 중

임정은

선생님, 그런데, 제가 이걸 왜 치워드려야 하죠? 지금 누구한테 화나신 건데요? 이거 제 물건도 아니고요, 문의를 하시길래 그냥 도와드리는 것뿐이에요. 저, 여기 직원 아니에요. 직원이라고 해도 그런 태도로 대하실 건 아니죠. 왜 짜증을 내고 갑질을 하시는지 모르겠네요. 여기 처음이에요? 뭐, 호텔이나 콘서트장처럼 예약하면 청소 다 해놓고, 웃으면서 맞아줄 거라고 기대하셨어요? 여기 저희 사무실이에요. 선생님이야말로 저희 사무실 공간 공유하러 오신 거잖아요.

함께 쓰는 공간인데 누구한테 짜증내고 누구한테 치워라 마라죠? 정말 불쾌하네요. 사람 앞에서 콧방귀 뀌고, 앞뒤 없이 짜증내고, 그러시면 안 되죠. 사회생활 안 해보셨어요? 뭐 하는 분이세요? 소속은? 평소에도 사람들 무시하고 막 대하는 분 같은데 주변에 부처님 같은 사람만 있는가 봐요. 안 그러면 많이 부딪혔을 텐데, 뭘 새삼 놀라세요. 저야 성정이 정직하고 감정을 못 숨기니까 이렇게 들이대지만. 와, 와, 지금 되게 침착한 건데. 이 동네에서는 제가 또라이로 유명하거든요. 돌면 앞뒤 안 가리는데, 오늘 완전 평정 그 자체예요. 아이고⋯⋯그러셨구나. 어디서 화나셨어요? 뭘 사과하면 되죠? (옆 사람에게) 선생님도 보셨죠? 제가 하는 말 다 들었죠? 상스러운 말이라도 한마디했나요? 무례하게 행동했어요? 불쾌했다고요? 음⋯⋯아⋯⋯네⋯⋯. 제가 공감 능력이 좀 떨어져서요. 거기까지는 공감을 못하겠네요. 네, 네. 죄송합니다. 선생님이 불쾌하신 걸 제가 몰랐어요. 선생님도 제가 아주 불쾌한 걸 잘 모르신 것 같던데요. 음⋯⋯그 점은 닮았네요. 네⋯⋯서로 사과할까요? 음⋯⋯안 돼요? 계속 이렇게 서서 이야기해요? 경찰서 가서 공정하게 대화할까요? 그냥 여기서? 저만 사과하는 건 좀 아닌데요. 서로⋯⋯같이⋯⋯둘 다⋯⋯싫어요?

큰길에서 많이 걸어 올라오긴 하지만,
문제가 되지 않았어요.

임정은 글, 문종훈 그림, 《모두를 위한 단풍나무집》, 창비, 2018

넝쿨아, 잘 지내

전영선

오늘은 넝쿨어린이도서관 닫는 마당을 하는 날이다.

"하하하, 어서 와."

"헉헉……잘……지냈어?"

얼마 전 전역한 도성, 주말이라 외박 나온 인수, 천안에서 알바 접고 온 예인, 가은, 승찬, 미란, 주영, 리원……. 이름만 아는 아이들도 모두 모였다. 도서관하고 함께 살던 넝쿨 아이들. 오늘은 닫는 마당 진행 스태프로, 사회자로 넝쿨도서관의 마지막을 빛냈다.

광명시 철산동 467번지. 벽을 타고 담쟁이넝쿨이 자라는 이곳은, 하늘에 맞닿을 듯 이어진 산꼭대기 비탈길에 있다. 등산객이 아니면 발길도 하지 않는 도심 안쪽 산동네지만, 다른 곳에는 없는 사람 냄새 가득한 마을이 있다. 도서관은 마을의 중심이다.

"손 다치지 않게 조심해."

"아고, 허리 아파."

"엄마, 나 이 책 봤어."

"이거 아이들이 좋아하는 '땡땡 시리즈'인데."

"어머, 그렇구나. 아마 이 책 안 본 넝쿨 아이들은 없을 거야."

"와, 《은하영웅전설》도 있네."

한 권 한 권 들여다보며 덧싸개를 벗기고 도서대출증에 적힌 이름을 확인하면서, 아이들과 넝쿨 이모들은 도서관에 이별을 고했다. 재개발 때문에 다들 떠나고 도서관이 둥지를 튼 삼층집도 팔렸다. 아파트가 올라가고 새 도서관이 문을 열면 지금처럼 따뜻한 곳이 될까. 이사 가고 어른 돼서도 이모와 동생들 만나러 넝쿨로 오는 형, 누나, 오빠, 언니들. 18년 동안 동네 아이들을 품으며 저마다 넝쿨을 가꿀 수 있게 해준 넝쿨아, 네가 있어 고마웠어. 잘 지내.

바닷가 곰의 이름은 바닷가곰이에요.

마리아 코르데즈 글·그림, 윤상아 옮김, 《너, 그거 알아?》, 계수나무, 2020

———

경희, 현주, 숙자

김숙자

빵과그림책협동조합 김숙자입니다. 빵그, 어떻게 알고 오셨어요? 블로그? 지인 소개? 그림책 좋아하세요? 처음에 저는 아이를 잘 키우는 수단으로 봤어요. 어느 날 무심히 그림책을 보는데 갑자기 가슴 저 끝 밑바닥에 뭔가 툭 떨어져 심하게 요동치고 울렁거리더니 눈물이 펑펑 나더라고요. 그림책 속에서 어린 시절의 나를 본 거죠. 애써 피하지 않았다고 생각했는데, 모질게 방치하고 들여다보지 않으려 애쓰며 살았구나 싶었죠. 한부모 가족에, 전학 많이 가고, 이름도 여러 개인 아이. 태어나서는 '김경희', 작명소에서 지어온 이름은 '김현주', 엄마가 재혼하면서 언니 돌림자를 따 '김숙자.'

"김숙자 할머니." 병원 가면 이렇게 할머니라는 오해도 종종 받아요. 지금은 정연 엄마, 동현 언니, 그리고 빵과그림책협동조합 김숙자죠. 직책은 이사고요. 매번 떨리고 얼떨떨해요. 개미처럼 말할 때도 많아요. "빵과그림책협동조합 김숙자입니다."

빵그의 핵심 사업은 '그림책 큐레이터' 과정이에요. 한 꼭지씩 맡은 강의를 준비하고, 모니터링하고, 고민하죠. 첫 강의, 아, 정말 두근두근, 잊을 수 없어요.

"못하겠어요. 너무 떨려요." "샘, 여기 물 좀 마시고, 숨 고르고." "샘, 정말 잘했어요. 하나도 안 떨던데요, 뭘. 내가 더 걱정이죠."

내가 어른 대상 강의를 할 수 있을까 걱정하면서 망설이고 주춤하고 도망치고 싶어할 때 빵그 사람들은 말하죠. "아니 할 수 있다고, 우리 정말 훌륭하다니까요. 이젠 보여줘, 보여줘."

똑같은 듯 다른 우리만의 방식으로 그림책을 사랑하고 싶어요. "오늘도 나라 세우고 왔냐? 돈 버는 일 좀 궁리하지." 남편은 퉁명스럽게 말하지만, 빵그 유튜브 최애 구독자랍니다.

"아이들 입에 체리를 한 알씩 넣어주고,
다시 또 넣어주고 또 넣어주고……."

베라 B. 윌리엄스 지음, 최순희 옮김, 《체리와 체리 씨》, 느림보, 2004

포도알과 〈옥보단〉
임정은

"가장 섹시한 과일이 뭘까요?"

그림다방에서 《체리와 체리 씨》에 나오는 꼬마 숙녀 비데미를 그리던 경숙 선생님이 묻는다.

"저한테는 포도가 제일 섹시해요."

체리를 그리다가 포도에 얽힌 추억이 떠올랐나 보다. 서울역 뒤쪽 염천교 근처에서 책방을 하던 30여 년 전으로 거슬러 올라간다.

"단골 중에 서울대학교 남학생이 있었어요. 지금 말로 '썸'을 탔죠. 양쪽 집에서들 반대하고, 그 사람 군대 가면서 헤어졌지만……"

열 살 넘게 어린 연하남, 첫 연애의 기억에 눈빛이 아련해진다.

"어느 주말에 그 사람이랑 북한산에 갔어요. 산 정상 넙데데한 바위 위에서 점심 먹고 쉬는데, 내 무릎 베고 그 사람을 눕게 했어요. 그리고 이렇게 포도송이를 들고 한 알 한 알 따서 입에 넣어줬지요. 영화 〈옥보단〉에 그런 장면이 나오거든."

체리, 포도, 〈옥보단〉으로 이어지는 뜻밖의 전개에 그림다방 손님들은 배꼽 빠지도록 웃었다. 경숙 선생님은 자기가 누릴 수 있는 모든 예술과 문화에 관심이 많다. 이분이 늘 밝고 활기찬 비결이다. 7~8년 전 처음 만난 때는 척추 장애와 청각 장애가 있다는 사실을 몰랐다. 몸과 마음의 고통 속에서 60년 인생을 혼자 버틴 사연을 듣기 전까지는 말이다.

이제는 안다. 경숙 선생님이야말로 진짜배기 예술가다. 매일 김포공항 활주로 너머 석양을 감상하고, 고흐의 그림에서 광기와 고독을 읽는 심미안을 지닌 예술가를 만날 수 있는 곳. 그림다방은 그런 곳이다. 언제 〈옥보단〉도 구해서 봐야겠다. 영어 제목이 '섹스 앤드 젠(sex and zen).' 제목도 예술이군.

할아버지는 숲속을 걷다가 장갑 한 짝을 떨어뜨린 채
그냥 가 버렸어요.

에우게니 M. 라쵸프 글·그림, 김중철 옮김, 《장갑》, 다산기획, 2001

오른짝 장갑

이라일라

겨울에는 장갑을 꼭 낀다. 추위가 몰려오면 변온 동물처럼 손부터 온도가 내려간다. 영하 5도가 되면 그만큼, 영하 10도가 되면 그만큼 손이 더 차갑다. 적당한 장갑은 손끝이 시리다. 아무리 밖을 돌아다녀도 손끝까지 따뜻할 털과 가죽으로 만든 장갑을 골라 낀다.

장갑은 잘 벗지도 않는다. 추울뿐더러 온갖 세균에서 손을 지켜주리라 왠지 믿으니까. 어쩔 수 없이 맨손이 필요하면 오른짝만 잠깐 벗는다. 이래서 꼭 오른짝이 사라진다.

어느 겨울이었다. 장갑 분실 사건이 너무 자주 일어났다. 회사 건물 1층 카페에서 계산대에 놓고 오거나, 단골 문구점에서 펜을 고르다가 두고 돌아온 적도 있었다. 슈퍼에서 흠집 없는 과일을 고르느라 오른짝을 벗었다가 잃어버리고, 도서관 검색대에서 책을 찾느라 벗고는 어디에 둔지 한참 찾기도 했다.

다행히 오른짝은 언제든 내 품으로 돌아왔다. 카페 사장님이 사무실로 가져다주기도 했고, 회사 동료가 엉뚱한 데서 들고 오기도 했고, 슈퍼에 돌아가면 장갑이 그대로 있기도 했다. 가끔은 내가 가방에 대충 구겨 넣고는 없어졌다고 한 적도 있었다.

광주 출장은 달랐다. 오전 일찍 케이티엑스를 타고 가서 회의하고, 점심 먹고, 차 마시고, 늦은 오후 돌아오는 길에 오른짝이 사라진 걸 알았다. 어디에 둔지 알 수 없고 되돌아갈 거리도 못 되니까, 이번에는 정말이었다. 그동안 쌓은 인연을 생각하니 마음이 무너졌다. 여러 번 사라지더니 결국 잃어버렸구나.

일주일이 지났다. 광주에서 만난 작가가 책 몇 권을 보냈다. 택배 상자를 열다가 나도 모르게 소리를 질렀다. 내 오른짝 장갑! 돌아왔어. 이런 사이는 무슨 예쁜 인연일까. 두 손이 다시 따뜻해졌다.

"화요일이 멋지게 아침을 열었어요."

데이즈 프라즈코바 글·그림, 김경옥 옮김, 《멋진 화요일》, 노란상상, 2015

화요일의 그림다방

임정은

빵그 사무실은 화요일마다 다방이 된다. 이름하여 '화요일의 그림다방.' 다방지기인 나는 10시 전에 와 문을 열고 책상에 그림 도구를 가지런히 놓는다. 크레파스, 색연필, 4비 연필, 수채화 물감, 파스텔, 새하얀 4절지……

가장 먼저 오는 손님은 장기주 선생님. 10시 정각을 알려주는 그림다방의 칸트다.

"오늘은 어떤 그림책으로 하실래요?"

그림책 빼곡한 책꽂이에서 그림책 한 권을 권한다. 손님들은 자기만의 그림책을 읽고 마음에 드는 장면을 따라 그린다. 30분 쯤 지나면 패셔니스타 신경숙 선생님 입장. 11시 즈음에 오는 신미숙 선생님도 그림다방 단골이다. 그림다방에서 우리는 모두 '선생님'이다.

"와, 선생님 그림은 색감이 어떻게 이리 고와요?"

"다리 아픈 데는 좀 어떠세요? 병원은 잘 다녀오셨나요?"

"계속 집에만 계시면 우울해진대요. 다음주에도 꼭 만나요."

겨우 일주일 만에 보는 사람들 사이에 다정한 말이 졸졸 흐른다.

그림다방을 석 달째 못 열고 있다. 코로나19 탓이다.

"그림 그리러 가고 싶어요. 도란도란 이야기도 그리워요."

감성 충만한 신경숙 선생님이 어제 톡을 보냈다. 그림다방을 언제나 다시 열 수 있을까?

다시 문 열면, 손님들에게 차를 드리고 싶다. 두 분 신 선생님에게는 레몬 띄운 홍차. 장 선생님은 커피를 좋아하시고. 나는? 카모마일이 좋겠다. 예술 충만한 우리의 화요일에 어울리는 향이니까.

네가 정말 보고 싶어.

고티에 다비드·마리 꼬드리 쓰고 그림, 이경혜 옮김, 《세상 끝에 있는 너에게》, 모래알, 2018

보고 싶습네다, 황성자 씨

윤혜린

"누구세요?"

"하지나이, 니 대갈빡이 맞힌 거 일 없음네?"

"……."

까불며 달려가 전화를 받은 네 살 아들이 아무 말 없다. 또르르 눈물을 흘리나 싶더니 금세 눈물범벅이 돼 소리 없이 흐느낀다.

쉰 살 나이가 믿기지 않을 정도로 할머니 같던 아줌마. 150센티미터 키에 삐쩍 마른 몸, 로션 한 번 안 바른 듯 잔주름 자글자글, 가위로 듬성듬성 자른 커트 머리에 웃을 때는 수줍은 듯 손으로 입을 가렸다. 윗도리를 바지 속에 꾹꾹 넣고 허리띠로 꽉 조여 맨 허리는 아줌마의 삶만큼이나 고되어 보였다. 3년 내내 머슴밥 한 공기와 김치가 점심이었다. 아이가 넘어질까 다칠까 졸졸 따라다니며 한 번을 앞서 나가지 않았다. 열나는 아이를 안고 알 수 없는 주문을 외우며 기도했다. 고작 1800위안을 받으면서도 올려달라고 한 적 없는 조선족 아줌마는 코리안 드림을 꿈꾸며 한국으로 갔다. 중국에 우리를 놔두고. 6개월 지나 한국에서 걸려온 안부 전화에 온 식구는 울음바다. 눈물을 훔치며 사진을 꺼냈다.

"이 아줌마 기억나지?"

하진이는 고개를 설레설레한다.

"두 살 때, 그때, 탁자에 부딪혀서 머리에 혹 났을 때 아줌마가 미안하다고 막 그러면서 아줌마 머리를 탁자 모서리에 일부러 박치기하고 같이 울던 거는?"

누나들이 물어도 아는지 모르는지 아무 말 없다. 기억에도 남지 않은 아줌마 목소리에 아이는 사무치게 운다. 우리 몸은 우리가 미처 알지 못하는 숱한 기억들을 간직한 마음이다.

"간식 잘 먹었어요. 정말 고마워요.

이젠 그만 갈래요."

주디스 커 지음, 최정선 옮김, 《간식을 먹으러 온 호랑이》, 보림, 2001

간식을 먹으러 온 책 친구

김미지

내 고향은 노량진이다. 요즘은 공시족으로 넘쳐나지만 예전에는 조용한 주택가였다. 30년을 누구네 집 큰딸로 불리며 그곳에서 자랐다. 할머니하고 함께 살아서 저녁마다 제사상 두세 개를 펼쳐야 했다. 줄줄이 동생들까지 조용한 날이 없었다.

어머니 귀에는 우리들 평판이 고지서처럼 날아왔다. 첫째가 반듯하게 살아야 동생들이 잘 보고 따라간다는 말이 통지표처럼 붙어다녔다. 복작복작한 삶은 결혼 뒤 친정이 멀어지면서 조용해졌다. 그래, 남 눈치 안 보고 한번 살아보자.

맞벌이를 하면서 아이 둘을 길렀다. 전셋값이 오르니 2년마다 이사를 다녔다. 10년이 금방 갔다. 이삿짐 싸기는 익숙해져도 뜨내기 생활은 낯설었다. 둘째가 아빠 따라 남탕 갈 때쯤 첫 집을 마련했다. 날마다 뽀득뽀득 쓸고 닦았다. 다람쥐 도토리 모으듯 그림책과 만화책으로 책장을 채웠다. 따뜻한 햇살이 들어오는 창 쪽에 작업실을 만들어 책을 읽었다.

아늑한 공간에 앉아 창문 너머 바깥세상 보는 시간이 늘어날수록 외로워졌다. 일을 줄이니 시간의 여유도 생겼다. 아이들 친구 말고 집에 오는 사람이 없었다. 아이가 커갈수록 혼자만 지내는 시간이 길어지고 복작복작한 삶이 그리워졌다. 그 무렵 책모임을 알게 됐고 책 친구들을 만났다. 조용한 일상에 찾아온 새 친구들이 세상과 나를 다시 이어줬다.

집에 있는 간식을 다 먹고 가라고 소리칠 수 있는 친구들이 생겼다. 내 삶은 이제 뜨내기 같지 않다.

오늘은 돌아가신 어머니 제삿날이다.
…… 시리는 나무 도장을 손에 꼭 쥔 채 발걸음을 서둘렀다.

권윤덕 글·그림, 《나무 도장》, 평화를품은책, 2016

4월, 동백꽃
강정미

'[순이 삼촌] 책 좀 빌려주세요.'

아침에 일어나 핸드폰을 열었다. 메시지를 보니 동백꽃 한 송이가 눈에 들어왔다. 겨울에 달려 4월에 떨어지는 꽃, 제주 우리집 앞마당에도 무심히 피고 지던 붉은 동백.

4월, 신성여고 동창들은 '4·3 다크 투어'를 다녀왔다. '우리가 기억하지 않으면 아무도 기억하지 않는다'는 슬로건을 내걸고 걸었다. 벌써 재작년 일이 됐다. 4월의 친구들은 고향 제주를 걷고, 함께 못 간 나는 동백꽃 배지를 가방에 단 채 서울을 걸었다. 동백꽃 배지가 뭐냐고 묻는 사람들에게 4·3을, 제주 4·3을, 우리의 4·3을 이야기했다. 울지 않고 말하려 했다.

한 사람이 달라져야 우리 모두 달라질 수 있을 테니까. 4·3은 한 사람의 아픔이 아니니까, 한 지역의 슬픔이 아니니까, 우리 모두 알고 있지만 다들 잊어가는 현실이니까.

4월, 제주의 밤은 밝다. 이 집 저 집 제사 지내느라 밤늦도록 불이 꺼지지 않는다. 열세 살 시리는 이제 어머니보다 더 할머니가 됐겠지. 어머니 만날 날이 얼마 남지 않은 할머니 시리는 동백꽃처럼 어여쁜 어린 손녀에게 아직도 해결되지 못한 우리들의 4·3을 이야기하겠지. 제주의 4·3을 들려주겠지.

4월, 제주는 꽃 천지다. 올해도 동백꽃, 벚꽃, 유채꽃이 한창일 게다. 72년 전 제주에도 꽃은 가슴 시리게 피었겠지. 조심스럽게 제주행 비행기 표를 끊었다.

3만 여 송이 붉은 동백꽃이 차가운 땅 위에 소리 없이 스러진 그날, 4월 3일에 나는 곶자왈을 걷는다.

사르르 녹아내릴 듯 행복한 맛, 이 세상 최고의 딸기.
그것은 바로—처음 먹은 그 한 알.

하야시 기린 글, 쇼노 나오코 그림, 고향옥 옮김, 《이 세상 최고의 딸기》, 길벗스쿨, 2019

선생님, 저 책 고파요!
변영이

작년 봄, 중학교에 사서로 처음 출근한 날이었다. 낯선 도서관에 앉아 처음 만난 학생이 처음으로 말을 걸어왔다.

"선생님, 저 만화책, 꺼내주시면 안 돼요? 보고 싶은데 잠겼어요."

나를 빤히 쳐다보는 학생의 손가락은 유리 장식장 속 《원피스》를 가리키고 있었다. 만화책은 대출 불가라고 알려주니 시간 날 때마다 들러 읽기 시작했다.

"선생님, 저 시리즈 다시 사주시면 안 돼요? 그러면 졸업하기 전까지 책 열심히 읽을게요."

민이는 너덜너덜해진 《정령왕 엘퀴네스》를 보여줬다. 한 명을 위해 열 권 넘는 시리즈를 사려니 초보 사서 처지에 부담이 됐다. 다른 아이들도 보고 싶다고 해서 고민 끝에 사기는 샀다. 《정령왕 엘퀴네스》는 반납하기 무섭게 꼬리 물기를 하는 인기 도서가 됐다.

"선생님, 저 배고파요."

민이는 학교에 오면 도서관에 먼저 들러 이렇게 인사했다. 나한테는 그 말이 '선생님, 저 책 고파요'로 들렸다.

190센티미터가 넘는 큰 키로 껑충껑충 도서관을 들락거리던 민이는 《원피스》와 《정령왕 엘퀴네스》를 가뿐히 뛰어넘고 전교 다독 최우수상을 받았다.

"선생님, 저 고등학교 가서도 도서관에 책 보러 와도 돼요? 학교 빨리 끝나는 날에 오고 싶어요."

처음 사서로 일한 1년, 처음 먹은 그 한 알의 딸기 같은 존재, 처음 내게 말을 건넨 민아. 처음 오기 어려워도 자꾸 오면 편해져. 빵그로 그림책 보러 와!

모두 달려요, 모두 코를 킁킁.

루스 크라우스 글, 마르크 시몽 그림, 《모두 행복한 날》, 시공주니어, 2017

노란 대문집 반지하

강정미

'반지하' 하면 사람들은 대부분 영화 〈기생충〉을 떠올린다. 나는 아니다. 내게 '반지하'는 방화동 노란 대문집이다. 2015년 6월 '반지하'가 문을 연 다음날, 뚜벅뚜벅 골목길 안 노란 철대문 집을 찾아갔다. 프로그램에 참여하러 온 사람은 나 혼자였다.

"기왕 온 김에 혼자 방 안에 머물러도 될까요?"

방 안 가득 걸린 오동나무 그림을 보느라 두 시간이 지루하지 않았다. 아이들 성적, 학원, 가족들 이야기에 신물이 날 지경이었다. 아이 키우는 데 도움이 될까 싶어 사람들하고 어울리기는 해도 마음 한구석에 좀처럼 채워지지 않는 막연한 공허함이 있었다. 도서관 강좌나 이런저런 책 모임을 찾아다니며 하루하루를 견뎌냈다.

"사진 보실래요?"

반지하 주인장이 컴퓨터를 켜자, 시간이 멈췄다. 내 안 깊숙이 딱딱하게 뭉쳐 있던 덩어리가 말랑말랑해졌다. 흑백 사진 속에는 집주인 아이들, 반지하 여는 일을 함께한 아이쿱 사람들 모습이 담겨 있었다. 어릴 적 윤범이 오빠네 집이랑 정림이 언니네 집을 오가면서 내 집 네 집 없이 살던 풍경이 겹쳐졌다.

"나여게!"

"완자 만듯국 핸 마씸. 맛 이실지 잘 모르커라에, 머거봅써예."

"무사? 아파시냐? 고만 이서보라이, 나 곧 약 사다주마이."

눈시울이 뜨거워졌다. 저 사진 속에 나도 있고 싶었다.

"아줌마."

창살 틈 사이로 내복만 입은 집주인 아이가 빼꼼히 들여다본다. 화요일 저녁이면 어김없이 나는 가족과 일상에서 도망치듯 빠져나와 시간을 달리는 소녀가 돼 노란 대문집 반지하로 갔다.

레이먼은 자기 주위에 펼쳐진 세상을 그리고 또 그렸어요.
느끼는 대로 그리는 건 아주 근사한 일이었어요.

피터 레이놀즈 글·그림, 엄혜숙 옮김, 《느끼는 대로》, 문학동네어린이, 2004

시가 아닌 시

최숙자

어쩌자고 그 마른 몸으로 내게 힘도 없이 붙어 있더란 말이냐.

너는 내게 미련이 있는지 몰라도

나는 네게 미련이 없다.

백주대낮 같은 밝은 불빛 아래

니 모습은 너무 초라해 보였다.

물기 없는 니 모습, 생명력이라곤 하나도 없는 니 활기 없는 모습,

이제 너를 정리해야 할 시간이 되었다.

그래도 잠시나마 내 몸에 붙어서

내 피부를 보호해 주었던 때야,

이제 그만 잘 가거라.

10월의 마지막 밤이 아쉬운 빵그 사람들이 모였다. 흥이 살짝 오를 무렵, 내가 '때'라는 제목을 단 자작시를 읊었다. '시 아닌 시' 쓰기가 시작됐다. 그 며칠 전 신발을 사러 갔다. 이것저것 신어볼 때마다 직원은 무릎을 굽히고 앉아 나를 도왔다. 신데렐라가 유리 구두를 신을 때처럼 매장 안은 밝고 환했다. 남자 직원의 시선을 따라 덧버선을 신은 내 발등이 눈에 들어왔다. 커다란 돌이 심장을 틀어막는 듯했다. 하얀 각질이, 아니 때가……

계산을 하고 매장을 나오면서도, 집에 와서도 혼자서 깔깔거리며 뒹굴었다. 그러다가 끄적였다. 부끄러움이 넘친 모양이었다. 그날, 그 10월의 마지막 밤, 우리는 술집이 떠나가라 함께 웃었다. 부끄러움을, 세월이 가는 아쉬움을 날려보냈다. 그날부터 나는 일주일에 한 편씩 시를 쓴다. 시가 아닌 시이지만, 어떤 한 사람이든 마음의 때를 벗겨줄 수 있다면, 영광이겠다.

가족 모두를 위해 앵두 맛 박하사탕을 2파운드 샀어.
그러고 나서 농부는 집으로 향했단다.

도날드 홀 글, 바바라 쿠니 그림,《달구지를 끌고》, 비룡소, 1997

———

앵두 맛 사탕 말고 짜장면
서태주

소비 천국에 들어서자 어김없이 눈빛이 흔들린다. 손가락 하나씩 접으며 필요한 물건만 사자고 다짐하지만 바구니를 들자마자 깨닫는다. '여기는 마트다.' 천국에서 지옥을 맛본다.

"아빠, 맛있는 거 사 와!"

막 잠에서 깬 아이들이 소리쳤다. 십 몇 년 만에 잡은 토요일 오전 약속을 마치고 마스크를 쓴 채 집으로 돌아가는 버스에서 늦은 점심 메뉴를 정했다. '짜파구리, 목살 얹어서.' 조금 귀찮고 어려운 음식을 해야 아이들이 용서할 테니 말이다.

《달구지를 끌고》에서 농부 가족은 1년을 주기로 살아간다. 씨 뿌리고, 열매 따고, 밭 갈고, 가을걷이하는 시간의 흐름에 맞춰 온 가족이 손을 보탠다. 가족의 1년이 오롯이 실린 달구지를 끌고 먼 시장에 가 달구지부터 달구지를 끈 소까지 다 판 농부 아버지는, 겨우살이에 필요한 물건들하고 농부가 될 아이들이 먹을 앵두 맛 박하사탕 2파운드를 어깨에 걸머진 채 온 길을 되짚어 집으로 돌아간다.

손쉽게 짜파구리를 할까. 라면 두 덩어리를 담고 목살을 고른다. 진짜 짜장면을 하자. 생면을 고르고, 춘장을 찾아 헤맨다. 생협에 가야 하나? 아니다. 아이들 먹는 양이 늘어 짜장가루 한 봉지는 한참 모자라다. 감자랑 양파는 있으니까, 고기만 생협에서 사자.

아빠 특식을 먹은 아이들은 방문을 닫고 둘이서 꾸리는 거꾸로 교실을 시작한다. 편집자 아빠는 다시 한 달 농사를 지으러 컴퓨터를 켠다. 주말이지만 쉴 수는 없다. 우당탕 쿵쾅. 열 살 된 딸과 일곱 살짜리 아들이 그림책을 펼쳐 들고 달려오더니 발로 문을 민다.

"아빠, 내가 대형 오자 찾았어."

"내가 먼저 찾았다구. 학교도 안 다니는 게 뭘 안다구."

그림책 목록

1 나는 그림책이 있어서 좋다

요안나 에스트렐라 지음, 민찬기 옮김, 《흔한 자매》, 그림책공작소, 2017

윌리엄 스타이그 글그림, 조은수 옮김, 《부루퉁한 스핑키》, 비룡소, 1995

유지연 지음, 《엄마의 초상화》, 이야기꽃, 2014

이선미 글·그림, 《나와 우리》, 글로연, 2013

샤를로토 문드리크 글, 올리비에 탈레크 그림, 이경혜 옮김, 《무릎딱지》, 한울림어린이, 2010

나카야 미와 글·그림, 김난주 옮김, 《도토리 마을의 빵집》, 웅진주니어, 2019

데이비드 위즈너 글·그림, 《이상한 화요일》, 비룡소, 2002

에스텔 비옹-스파뉼 글·그림, 최혜진 옮김, 《똑, 딱》, 여유당, 2018

다이애나 콘 지음, 프란시스 델 가도 그림, 마음물꼬 옮김, 《우리 엄마는 청소 노동자예
요!》, 고래이야기, 2014

패트리샤 폴라코 그림·글, 최순희 옮김, 《바바야가 할머니》, 시공주니어, 2003

허은미 글, 서현 그림, 《너무너무 공주》, 만만한책방, 2018

토미 웅거러 글·그림, 조은수 옮김, 《엄마 뽀뽀는 딱 한 번만!》, 비룡소, 2003

패트릭 맥도넬 글·그림, 신현림 옮김, 《이보다 멋진 선물은 없어》, 나는별, 2016

키티 크라우더 지음, 김영미 옮김, 《메두사 엄마》, 논장, 2018

이선미 글·그림, 《귀신 안녕》, 글로연, 2018

다나카와 슌타로 글, 가루베 메구미 그림, 최전선 옮김, 《죽음은 돌아가는 것》, 너머학교,
2017

2 그냥 텃밭에 배추를 심자고 해야겠다

김희경 글, 이보나 흐미엘레프스카 그림, 《마음의 집》, 창비, 2010

사노 요코 글·그림, 이선아 옮김, 《두고 보자! 커다란 나무》, 시공주니어, 2004

사토 와키코 글·그림, 이영준 옮김, 《도깨비를 빨아 버린 우리 엄마》, 한림출판사, 1991

허영선 지음, 이승복 그림, 《바람을 품은 섬, 제주도》, 파란자전거, 2010

이지은 글·그림, 《팥빙수의 전설》, 웅진주니어, 2019

박숲 글·그림, 《오, 미자!》, 노란상상, 2019

김효은 지음, 《나는 지하철입니다》, 문학동네, 2016

마크 서머셋 글, 로완 서머셋 그림, 이순영 옮김, 《레모네이드가 좋아요》, 북극곰, 2013

하이케 팔러 글, 발레리오 비달리 그림, 김서정 옮김, 《100 인생 그림책》, 사계절, 2019

이진희 글·그림, 《도토리시간》, 글로연, 2019

크리스 반 알스버그 지음, 이지유 옮김, 《세상에서 가장 맛있는 무화과》, 미래아이, 2003

김종민 그림, 이상희 글, 《소 찾는 아이》, 사계절, 2007

호무라 히로시 글, 시카이 고마코 그림, 《눈 깜짝할 사이》, 길벗스쿨, 2018

윤석남·한성옥 그림책, 《다정해서 다정한 다정씨》, 사계절, 2016

제르마노 쥘로 글, 알베르틴 그림, 정혜경 옮김, 《나의 작고 작은》, 문학동네, 2001

정인하 글·그림, 《밥·춤》, 고래뱃속, 2017

3 텅 비어버릴 때까지

트리나 플러스 글·그림, 김석희 옮김, 《꽃들에게 희망을》, 시공주니어, 2017

존 패트릭 루이스 글, 로베르토 인노첸티 그림, 안인희 옮김, 《마지막 휴양지》, 비룡소, 2003

고미 타로 글·그림, 김난주 옮김, 《헬리콥터의 여행》, 베틀북, 2003

이춘희 지음, 박지훈 그림, 임재해 감수, 《똥떡》, 사파리, 2020

앤서니 브라운 지음, 하빈영 옮김, 《우리 친구 하자》, 현북스, 2018

시바타 게이코 지음, 김언수 옮김, 《맛있어 보이는 백곰》, 길벗스쿨, 2018

오사다 히로시 글, 이세 히데코 그림, 《첫 번째 질문》, 천개의 바람, 2014

이보나 흐미엘레프스카 글·그림, 《할머니를 위한 자장가》, 비룡소, 2019

가브리엘레 레바글리아티 글, 와타나베 미치오 그림, 박나리 옮김, 《나는 〔 〕 배웁니다》, 책
    속물고기, 2018

야시마 타로 글·그림, 윤구병 옮김, 《까마귀 소년》, 비룡소, 1996

정진호 지음, 《위를 봐요》, 은나팔, 2014

다니카와 슌타로·국제앰네스티 글, 이세 히데코 그림, 김황 옮김, 《우산을 쓰지 않는 시란
    씨》, 천개의바람, 2017

윌리엄 스타이그 글·그림, 조은수 옮김, 《슈렉!》, 비룡소, 2001

윌리엄 밀러 글, 존 워드 그림, 박찬석 옮김, 《사라, 버스를 타다》, 사계절, 2004

이세 히데코 글·그림, 김정화 옮김, 《나의 를리외르 아저씨》, 2007, 청어람미디어

숀 탠 글·그림, 김경연 옮김, 《매미》, 풀빛, 2019

4 시계를 되돌리고 싶을 때가 있겠지

조원희 글·그림, 《꽈앙!》, 시공주니어, 2017

권정생 지음, 김환영 그림, 《빼떼기》, 창비, 2017

진경과 진주 지음, 《멋진 닭이 될 거야!》, 이야기꽃, 2019

이주홍 글, 김동성 그림, 《메아리》, 길벗어린이, 2001

토미 웅게러 글·그림, 장미란 옮김, 《크릭터》, 시공사, 1999

존 버닝햄 글·그림, 이상희 옮김, 《마일즈의 씽씽 자동차》, 비룡소, 2016

박정섭 글·그림, 《검은 강아지》, 웅진주니어, 2018

사노 요코 글·그림, 김난주 옮김, 《100만 번 산 고양이》, 비룡소, 2017

마리안느 뒤비크 글·그림, 임나무 옮김, 《사자와 작은 새》, 고래뱃속, 2015

브론웬 발라드 글, 로라 칼린 그림, 이재석 옮김, 《너의 마음은 하늘과 같아》, 뜨인돌, 2019

줄리 폴리아노 지음, 크리스티안 로빈슨 그림, 정화진 옮김, 《내 생일은 언제 와요?》, 미디어
　창비, 2017

윤여림 글, 이미정 그림, 《오늘도 고마워》, 을파소, 2020

윤지회 글·그림, 《마음을 지켜라! 뿅가맨》, 보림, 2010

백석 시, 김세현 그림, 《준치 가시》, 창비, 2006

숀 탠 글·그림, 김경연 옮김, 《빨간 나무》, 풀빛, 2013

레오 리오니 글·그림, 김난령 옮김, 《알렉산더와 장난감 쥐》, 시공주니어, 2019

5 살 만하냐고 묻는 짓은 바보 같은 일일 거야

숀 탠 지음, 《도착》, 사계절, 2008

이보나 흐미엘레프스카 지음, 이지원 옮김, 《주머니 속에 뭐가 있을까》, 사계절, 2015

이지은 글·그림, 《이파라파냐무냐무》, 사계절, 2020

몰리 뱅 글·그림, 이은화 옮김, 《쏘피가 화나면, 정말 정말 화나면》, 책읽는곰, 2013

임정은 글, 문종훈 그림, 《모두를 위한 단풍나무집》, 창비, 2018

마리아 코르데즈 글·그림, 윤상아 옮김, 《너, 그거 알아?》, 계수나무, 2020

베라 B. 윌리엄스 지음, 최순희 옮김, 《체리와 체리 씨》, 느림보, 2004

에우게니 M. 라쵸프 글·그림, 김중철 옮김, 《장갑》, 다산기획, 2001

데이즈 프라즈코바 글·그림, 김경옥 옮김, 《멋진 화요일》, 노란상상, 2015

고티에 다비드·마리 꼬드리 쓰고 그림, 이경혜 옮김, 《세상 끝에 있는 너에게》, 모래알, 2018

주디스 커 지음, 최정선 옮김, 《간식을 먹으러 온 호랑이》, 보림, 2001

권윤덕 글·그림, 《나무 도장》, 평화를품은책, 2016

하야시 기린 글, 쇼노 나오코 그림, 고향옥 옮김, 《이 세상 최고의 딸기》, 길벗스쿨, 2019

루스 크라우스 글, 마르크 시몽 그림, 《모두 행복한 날》, 시공주니어, 2017

피터 레이놀즈 글·그림, 엄혜숙 옮김, 《느끼는 대로》, 문학동네어린이, 2004

도날드 홀 글, 바바라 쿠니 그림, 《달구지를 끌고》, 비룡소, 1997